오까따
마이신

# 조까라마이싱

초판 1쇄 발행 2014년 10월 6일

지은이 김일석
펴낸이 강수걸
편집장 권경옥
편집 윤은미 손수경 양아름
디자인 권문경
펴낸곳 산지니
등록 2005년 2월 7일 제14-49호
주소 부산광역시 연제구 법원남로15번길 26 위너스빌딩 203호
전화 051-504-7070 | 팩스 051-507-7543
홈페이지 www.sanzinibook.com
전자우편 sanzini@sanzinibook.com
블로그 http://sanzinibook.tistory.com

ISBN 978-89-6545-264-5 03810

＊ 책값은 뒤표지에 있습니다.
＊ 이 도서의 국립중앙도서관 출판시도서목록(CIP)은 e-CIP 홈페이지
(http://www.nl.go.kr/ecip)에서 이용하실 수 있습니다.
(CIP 제어번호: CIP2014026472)

# 초까라 마이싱

김 일 석 시 집

산지니

# 눈물이 그늘에게 이야기하다

난 내 삶이 가난했으므로 오직 가난한 사람만 만났으며 그 가난한 세상을 좋아했다. 내 삶이 늘 위태로웠으므로 누군가 낭떠러지에 서 있으면 그를 지키려고 애썼다. 난 내가 울며 보낸 시간이 많아 슬피 우는 한 사람이라도 위로하려 애쓰며 살았다. 난 내 사랑 지탱하기가 너무 힘겨워 사람들에게 뜨겁게 사랑하라고 말하며 살았다. 내 양심은 늘 그렇게 움직였다.

어떤 이는 결핍에 시달리는 서사를 메우려고 걸핏하면 사랑이니 행복이니 동행이니 김밥 옆구리 터지는 소릴 남발하지만, 고열로 축 늘어진 아기 부둥켜안고 병원으로 내달리거나 대출 이자 갚느라 달력에 빨간 동그라미 치고, 아이 어린이집에 맡기고 돈 벌러 다니다 불친절하다고 모가지 되기도 하면서 생애의 눈물은 점점 쌀로 이유식으로 두부로 변하기도 하고, 드물지만 어떤 이는 체제에 맞짱 뜨기도 한다.

본디 삶은 그런 것이어서 매순간 고난을 체화하며 견고하게 축성되는 것일 터, 내 속은 서슬 퍼런 이야기들로 언제나 자글자글 끓었지만, 이번엔 나의 눈물이 내 시야에 든 무수한 그늘을 향해 기꺼이 제물로 올리는 지독한 것들만 남았다.

시집 『조까라마이싱』은 삼십여 년 병치레하던 아내가 결국 쓰러지고, 그 고난의 병실을 밤낮으로 지키며 코딱지만 한 전화기 자판 두들기며 쓴 힘겨운 투쟁과 서정을 묶은 것이다. 병원 복도에서 웅크려 자다 작은 소리에 깨어 하릴없이 두들겼던, 새카맣게 탄 기록들. 그런 중에도 마음 깊이 연대했던 여러 비정규직 투쟁현장, 밀양, 가난한 공동체의 상처 깊은 분들께 삼가 이 시집을 바친다.

| 차례 |

머리말 눈물이 그늘에게 이야기하다

# 1부

1부

# 밀양 연대의 시

산이 운다
백마 승학의 산마루 넘던 새들도
화악산 줄기의 뭇 생명과 어울려
자유로이 뿌리 내리던 칡넝쿨 산딸기
패랭이꽃 도깨비풀도
바람에 떠다니다 월세 전세를 거쳐 마침내
밀양에 온몸 박은 갈참나무도 울고
저 다소곳한 평야 감싸고돌며
수천 년 흘러온 강도 운다
그 산과 강에
여생을 의탁하고 땅 일구던 사람들이
어느 날부터 하나 둘 죽어가고 있다
수도 서울의 똥구멍을 닦는 사이비 권력이
밀양을 식민지로 만들고 있다
수억 년 융기와 침강을 되풀이하며
자연이 만든 축복의 땅 밀양을
에너지 전환정책 하나 만들지 못하는
무식하고 무능한 권력이 오늘도 개들을 풀어
세상에서 가장 죄 없는 할매 할배들을 문다

뭐, 지역사회를 위해 희생하라고?

뭐, 국가발전을 위해 참으라고?

귀신 씨나락 까먹는 소리 하지 말고

당장 밀양에서 떠나라

바드리에서

동화전에서

보라마을에서 당장 떠나라

도곡리에서 평밭에서 당장 떠나란 말이다

대체 얼마나 죽어야겠느냐?

기어이 다 죽어야겠느냐?

다 죽일 셈이냐?

그래, 정말 그렇다면 다 죽여라

다 죽이고 내 가슴에 127번 철탑을 박아라

저 할매의 심장에 95번 115번을 박고

저 할배의 폐부에 101번을 박아라

칠십육만 오천 볼트를 박으란 말이다

제발 더는 괴롭히지 마라

잡아간 사람들 다 내놓아라

여기 억울해 떠나지 못하시는 어르신 영혼

하늘로 편히 가실 수 있게
모두 와서 이 앞에 무릎 꿇어라
무릎 꿇으란 말이다
네놈들은 밀양이 무너지길 바라지만
결코 무너지지 않아
우리가 서로 지키고 서로 사랑하는 한
단 한 순간도 무너지지 않아
우린 이미 형제가 되고
어머니 아버지가 되었거든
밀양 투쟁!

이 시는 영남루에서 있었던 故 유한숙 어르신 추모제, 안양 생명평화 콘서트 '평화를 꿈꾸며 노래하다'에서 낭독되었다.

# 변소 회상

가마니 얼기설기 엮은
마당 귀퉁이 변소
불측지연(不測之淵)의 두 목편 위
조심스레 아랫배 힘주다
똥통 내려다보니
구더기 수십만 마리
고개 쳐들고 소리 지른다

밀가루와 비산석회 뒤집어쓴 채
전위 으스러지면
그 주검 딛고 후위가 전위 되고
또 죽으면 또 일어서며
꾸역꾸역
오직 인간의 똥구녕을 향한
저 질긴 혁명의 시선

떨어진 똥 덩어리에
몇 놈 파묻혀도
쏴아아

채찍비의 오줌발로
똥통에 번지는 해방의 기운
조갈 나는 목구멍에 풀칠하곤
송두리째 하늘 향해 총진격!

오, 불굴의 백파(白波)여
생명의 저항이여

그 구더기들 모두
비상하는 파리가 되었을까
그 목숨 건 관례(慣例) 어디쯤
이어가고 있을까

가끔 고향집 변소의 구더기도 그리울 때가 있다.

# 행복의 실체

행복?
체제의 여유?
세속의 권태?
부르주아지의 준말?
욕망의 동의어?
불경스럽다고?

이런 니기미
체감온도 영하 15도
살갗을 찢는 바람에
몇 놈 죽고 나서 한 데서 자봐

차라리 울고 싶다
두 글자에 숨은 선무방송에
그 각혈의 언어 깨부수고 싶다
민중의 동의체계를
귀신 씨나락 까먹는 행복의 저변을

# 바다


홀로 돌아앉은
외로운 섬

인간의 경외(敬畏) 이기고
도도히 버티고 선
저 지독한 고독

내 사랑과 투쟁
우정과 눈물
그 치열함의 팔 할은
바다에서 온 것이다

# 김 군에게

여보게 김 군
요즘도 밍숭맹숭한 마음으로 시를 쓰는가
모니터 앞 곰팡내 솔솔 풍기는 부랄 만져가매
클릭 몇 번이면 아랫도리 꼴리는 장면도 볼 테고
심심하면 동무 하나 불러
탁배기 한 잔 걸치면 그저 그만일 테고
길 걸어도 뒷골 때리는 찌르르한 일도 없으니
세 때 무심히 오가는 저 배신의 축생들도
자네 눈엔 시들시들하겠군
사랑하는 김 군
바람에 떨며 견뎌온 가지 끝 눈부신 생일
자진(自盡) 자축하며 나뒹구는 꽃 이파리, 그
침묵과 헌신의 소식은 챙겨 듣고 있는가
초록빛 포기한 나무가 썩어
뭇 벌레들이 파먹는 꼬라진 보고 있는가 말일세
자네, 지금도 시인은 뭔가 좀 괴벽스럽고
희멀건 언어를 써야 한다고 믿는가
난 말일세 김 군
언어는 피 묻은 향나무 같은 거라 생각해

내 대가릴 찍고 내 심장에 대못 박는 놈에게
피의 향내를 묻힐 수 없는 시는
유산계급의 서늘한 그림자 같아 난 싫어
사지 멀쩡하고 먹고사는 데 걱정 없는 놈들이
지천으로 싸돌아다니며 끼적이는 감탄사에
부아가 치밀지 않던가
여보게 김 군
부디 자네의 시에서
깊은 밤 수도원 복도의 시커먼 그림자에서
뚝뚝 떨어지는, 무덤 같은 고독을 만나고 싶어
자네의 언어가 소진하며 일으키는
분노의 파랑이
심연의 침묵이
되려 피 튀는 평화가 되는, 그런
자네의 시를 만나고 싶네
김 군, 건필을 기원하네

# 공갈빵

배가 고파
한 움큼 베었더니
속살 없는 공갈빵
바삭바삭한 게 꿀맛인데
공갈이었어
크고
푸짐하고
행복한 건

수다쟁이의 행복도 공갈
조국과 민족도 공갈

## 보수

니기미
대가리가 비었으면
가슴이라도 뜨겁든지
이도 저도 아닌 게
반짝이는 백구두는 뭐며
백바지는 또 뭐야

# 조까라마이싱

사흘 밤낮 배고파본 자만이
빈혈로 쓰러져본 자만이
치료비가 없어 눈 뜨고 새끼를 잃거나
사랑조차 눈물로 포기해본 자만이
국가로부터 집단 다구리 당해
저 깊은 곳 배알 꼴리는 조롱 맛본 자만이
뒷골목 시궁창에 절망의 신물 토해본 자만이
간이 배 밖에 나오는 법이다

세상의 모든 투쟁사가 왜 슬픈지 아는가
차가운 땅에 주둥이 처박고
한 번만 살려달라고 몸부림쳐본 자만이
혹한을 견딘 자만이 대오 속에서 결단하지
눈곱만큼이라도 지킬 게 남은 자는
안온한 침실의 행복을 꿈꾼 자는
까뮈조세핀이나 샤토오브리옹의 맛에 취해본 자는
결단코 종말의 빈소 지키지 못하리라

빗자루 들고는 앉지도 말라

콧노래를 부르지도 말라
일하면서 학생들과 말하지도 말라
벤치에 앉지 말고 비닐돗자리 깔고 쉬어라
더러운 손가락으로 엘리베이터 버튼 누르지 말라
구호를 외치거나 대자보를 붙이면 회당 백만 원씩
홑껍데기 가난마저 벗겨 버리겠다는
메스꺼운 학교에서 파업을 시작했다

사장님 총장님 실장님께
청소하게 해준 은혜에 감읍하며
몇 년을 노예처럼 조아리고 조아렸지만, 씨발
이젠 허페 뒤집히고 눈알에 불똥이 튄다
이리 살다 죽으나 저리 살다 죽으나
어차피 한목숨이라며 간을 배 밖에 내놓을 때
어이, 어설픈 생애의 작자들 조심하라고!

걸레 빗자루 들고 구석구석 박박 기던
늙고 값싼 비정규직 청소 노동자가
덜거덕거리는 무릎과 허리 곧추세워 대오를 짜니

교육 모리배들아, 느낌 어떠냐?
황당하냐?
기분 더럽냐?
여태 모르겠느냐?
노동자가 노동을 멈추면 모든 게 멈춘다는 걸

에라이 니기미
조까라마이싱이다!

중앙대, 신라대 '청소노동자 파업 연대의 시'이다.

# 미늘

미늘, 그 역순의 덫 벗어나는
유일한 방법은 목숨 거는 것

살 확률 오십 프로
해볼 만한,
삶을 구차하게 설계하지 않아도 되는
존엄하고 간결한 세계

공연히 거대한 바위인 척하지 마라
그건 미늘을 벗어나려는, 오직
둘 중 하나이기를 결단한 자의 몫이니

# 와이퍼

벌겋게 녹슨 몸 일으켜
왼쪽으로 한 번
오른쪽으로 한 번
비 오는 밤마다 쏟아지는 슬픔과
우수에 순명해온 네가
23년의 단순노동, 그 지긋지긋한
생애를 내게 속삭였다
"내 앞에 외경을 바쳐!"

그때
핸들이 파르르 떨었다

아주 낡고 녹슨, 버려지기 직전의 것들에 깃든 서사엔 아름답고 행복한 새것
에는 없는 떨림이 있다. 지금도 누군가 낡고 오랜 길을 가고 있는 것처럼.

# 거짓말

잡담하다
거짓말하는 순간
혀를 깨물었다

아뿔싸!
내가 웃고 떠들 때에도
누군가
내 입술 내 심장의 박동
다 보고 느낀다

# 연설

안개비처럼 흩뿌리는 모래알
연해(煙害)가 되어 종일
콧구멍에서 기관지까지 박박 긁어댔다

끝이 보이지 않는 언덕
깡다구로 박박 기어오르던 해거름녘
별도 달도 없는 하늘 올려보다
난 주인에게 버림받은 개처럼 울부짖었다

거대한 아웃렛 앞
깔끔한 만찬 꿈꾸는 유사 부르주아지의
잔망스런 사막 한가운데에서
전갈처럼
오백 와트의 출력을 쏘았다

힐끗 째려보며 걷던 사람들
그냥 지금처럼 살자는 표정 하나하나가
내 눈에
내 목에

피도 눈물도 없이 박히니
울대가 깔깔하고 따끔거렸다

적응장애에 시달리던 밤이 지나
겨우 이 점 육 프로의 모래알이
허공을 날다 녹았음을 알고
다들 사는 게 행복한가 싶었는데
아무리 생각해도 그게 뭔 행복인가 싶어
길 위의 사람들 모조리
싸구려 봉제 인형 같았다

해운대, 정관 신도시, 송정, 기장지역을 돌며 사용기한 지난 원전의 위험을
미친 듯 부르짖었지만, 체제에 기막힌 동의체계를 이루고 사는 사람들은 털
끝만치도 움직이지 않았다.

# 홍대 앞에서


교차로 모퉁이 풀빵 장수가 번듯한 점포주가 될 때 창으로 스미는 아침 햇살은 얼마나 보드라울까

단칸방에 살다 내 집에 살면 조선일보가 영화보다 더 재미있고 앞집 옆집 저 윗동네 엿보며 참견하는 재미가 온몸을 콕콕 찌를 테지

굶주림이 깊을수록 만찬을 꿈꾸는 게 인간의 본성이라 어느 가을 구절초가 꽃이 되어도 길섶에 있고, 유목(幼木)이 고목 되어도 숲에서 살 듯 표층 내달리는 고등어 전갱이가 제아무리 지지고 볶아도 멸치 떼와 어울려 바다에 살건만, 살아보니 사람만이 냉골에서 아늑한 침대로 전이한 잠자리의 궤적을 잊고 부초처럼 떠돌아다니더라


자유가 입덧 하는 쓸쓸한 늦가을 저녁
아이들은 레드와인 향 번지는 시장경제에 섭쓸려
연갈색 쇼 윈도우 앞을 떼 지어 배회하고 있다


거리에 엎드린 비렁뱅이도 없고
자선을 노래하는 딴따라도 공장 하나도 없는,
그저 먹고 마시고 떠들고 욕하는,

내일의 궁리조차 없는 이 거리가
사타구니를 기어오르는 급성절망증후군에
하나둘 폐허가 되어 무너지고 있다

물론 모진 인생도 역전할 수 있고
청춘의 몸짓이 아름다울 수도 있다

그러나 어느 날, 깔깔거리며 헤엄치고 다녔던 너희의 해방
구가 족쇄를 차고 철퍼덕거렸던 체제의 진창임을 알게 될 때,
이 서울에 백 층 넘는 호텔과 칠팔십 층 넘는 아파트가 넘친
다 해도 네 인생이 왜 홍제동 비탈길을 한숨과 넋두리로 오르
내려야 하는지 알게 될 테고, 동네에 근사한 놀이터가 생겨도
너희가 그리 살았듯 네 아이들의 욕망과 투정은 대를 이어 홍
대 앞을 밝힐 것이다

그제야 고백하려나
"삶이 올챙이처럼 위태로웠어."라고

허나 불콰한 아이들아, 만에 하나 저 쇼 윈도우의 상징을 모

조리 박살내고, 즐거워 까르르 넘어가는 애들 뒤통수를 후벼
파는 대오각성의 해일이 "꼴리는 대로 사시길!" 따위의 자유
주의 언사를 어떤 죄목으로라도 일일이 가두지 못한다면 눈
곱만큼의 희망도 접어야 할지 몰라
　　체제의 유령이 만든 물신의 거리를 싸그리 골 청소하는, 무
산계급의 철저한 독재를 상상하지 않으면 모든 꿈이 절뚝거
릴지도 모르거든


　　제대로 사랑할 줄 모르면서
　　허구한 날 잔액 확인하며
　　카드 한도 내 무던히 쾌락을 좇은 죄
　　어설픈 '살이'로 일관한 똥고집의 원로가 된 죄
　　쪼글쪼글한 퇴물이 되고 만 죄
　　나중에 다 어떡할 거야, 응?

# 언덕

비 퍼붓던 아침
중환자실에서 언덕 하나 무너졌다

30분의 면회시간, 그 언덕에
한 번이라도 기대어 쉬었던 이들이
이별을 결단하고 있었다

아내 곁에 누운, 그 언덕에 깃든
무수한 그림자가 혼미하여 울던 내게
심연을 모르는 맹랑한 간호사는
"아버님, 우시면 환자분께 좋지 않아요."라며
허우적대는 내 촉수를 치근거렸다

소리 내어 울지도 못하고
토막 난 사슬 하나씩 걸친 채
눈 감은 언덕과 함께 무너진 뒤
덜거덕덜거덕
각자 갈 길로 사라졌다

# 참회

어설픈 생애가
무참하여
어느 겨울에 죽었을,
물고기들이 뜯어먹다 만
바닥의 시신 하나 끌어안고
이 암흑천지의 절망
참회하고 싶다

## 무너지는 시

시는
고난의 숫돌에 온몸 가는 것

가난하려 했거늘, 아
무슨 미련이 남아
온몸으로 곧추서려 하고
사랑, 그 엄숙을 성가시게 하는가

박박 갈아서 좀 더 철저히
날 망가뜨리지 못하다니
원통해라!

눈물이 숙제인 오늘 밤
시는 무너진다

# 휠체어 타던 날

내 얼굴 올려다보며
울기만 하던 그대의 눈이
휠체어 타던 날 반짝반짝 빛났지

아기처럼 설레던 눈망울
난 알고 있었어
곧 나직한 평화를 만나게 될 거라고

이미 그대를 앉게 하고
서게 하고
걷게 하는 빛의 단서를
발견했거든

## 그늘에게

아프다 울지 마

캄캄하고 서늘할수록
저 별 더 반짝이듯

그늘진 사랑
구 할이 사라져도
그믐달은 울지 않아

# 밀교(密敎)


강아지풀 질경이
새와 나무의 연탄(聯彈)을 향해
고요히 숲을 걷는다

각고의 이성과 외로움이라야
숲의 성지(聖地)가
애오라지 각성의 우주임을 알지

산 것이 토하는 생명감각과
온몸으로 상통하며
자신을 갈아엎는 숲은
교교한 사색의 자궁이거늘

# 감

길섶에 누운 감 하나

쓸쓸하다
어머니 품 떠난 건

비 내리면 비 맞고
밤낮없이 서럽다
뭇 벌레들 조롱 들으며 홀로
죽을 때까지 견디어야 하는 게
내 신세랑 같구나

# 산나리 꽃

호젓한 산길에서
널 보았어

외로움 흘러내리는 꽃대
온 힘으로 말아 올려
거뭇거뭇
애잔한 네 얼굴이
아, 사랑의 그림자여서
허망하여
네 목덜미 쓰다듬었지

바람 불자
히죽히죽 몸 흔들며
"외로워도 살아야 해."
내게 속삭일 때
슬픈 기억 하나 발등에 툭 떨어져
그만 울고 말았어

# 쌍차 연대의 시

하얀 꽃들이 곡기를 끊었건만
거짓의 궁전을 장악한 탐욕의 혀는
대지에 뿌리박은 피붙이들의 절규를 한 포기
한 포기씩 뽑으며 비웃고 있다
누더기 걸친 핏덩이 부여잡고
멀쩡게 거리에 누운 침묵의 형제들에게
더는 네놈들이 시시덕거리게 할 순 없다
일터에서 쫓겨나 풍찬노숙하는 하얀 예수들
용역 깡패와 맞서 싸운 저 영웅들이
난장의 폐계처럼 버려져선 안 된다

기억하는가
특공대와 용역깡패들이 공장을 덮치던 날을
기억하는가, 죽지 못해 살다 모질게
모질게 견디다 우리 곁을 떠난
스물네 명의 형제들이 보냈을 절망의 밤을

다섯 해가 지나도록 이 옹색한 거리에서
같이 살자 울부짖는 이 꽃들의 만행(萬行)에

비겁하고 치사한 권력은 머리 숙이란 말이다
신문도 테레비도 머리 숙이란 말이다
우리 모두 머리 숙이란 말이다

동포의 가슴팍에 총질했던 놈도
생명의 땅에 죽음의 삽질을 해댄 놈도
떵떵거리며 잘 살고 있는데
대체 너희들은 왜
평화와 행복으로부터 유기(遺棄)된
이 가난한 꽃들을 못살게 구는 거냐
왜 슬픔을 거리에 팽개쳐 놓고
살리려 하지 않느냔 말이다

더러운 권력의 개들아 잘 들어라
네놈들에게 아무리 힘과 돈이 넘친다 한들
힘으로 돈으로
안 되는 것이 있다는 걸 가르쳐주마
시퍼런 들풀과 이파리의 서슬이
얼마나 엄중한지 가르쳐주마

네놈들이 아무리 비틀고 숨기고 가두어도
우린 맹세코 이곳을 지킬 것이다
살아남은 자의 가슴에 교훈을 남길 것이다
진실한 사랑과 평화를
우리는 이곳에서 증명할 것이다

이젠 울자
목 놓아 울자
이 초췌한 물신의 거리 눈물로 덮어버리자
밤마다 브라보 외치며 치국평천하를 읊조리는
놈들의 아가리를 눈물로 덮어버리자
쌍차 투쟁!

6년을 동가식서가숙하던 쌍용자동차 해고자들이 곡기를 끊고 거리에 누웠
건만, 권력은 본체만체하며 조롱을 일삼고 있다. 쌍차 해고자 단식 중인 대
한문 앞 금속노조 집회에서 낭독한 시이다.

## 장구한 희망

'나 일어날 수 있어.'
'나 잘할 수 있어.'
아내가 말했다

회진 온 의사가
'장구한 세월 노력해야 합니다.'라고 할 때
그의 눈 빤히 보며
'장구한'이란 말을 되뇌었지만
얼어붙은 아내 심장엔 금이 쩍 갔을 것이다

고통의 내성에 젖은 그의 언어가
차가운 병실을 흔들었지만
난 그때
장구한 희망의 끈 하나를 낚아챘다

# 천식

깊은 밤
내 아득한 천식이
아들 걱정에 잠 못 이루시는
그리운 엄마의
발자국 소린 줄 몰랐습니다

엄마의 질긴 아픔을
여태 몰랐습니다

# 경적 금지

좀 더 기다리기
자리 비켜주기
말없이 가만히 있기
차 앞유리에 써 붙인 연락처
매직으로 잘 보이게 써놓기

그리고
권력이 아닌 것엔
경적금지!

# 야만의 기억

숯덩이처럼 새까맣게 타본 적 있어?
가슴에 대못 박혀 피 토하며 아스러진 적 있어?
다 자란 나무의 역사 한순간에 베어본 적 있어?
핏덩이 받아 안으며 기어이 지키겠다고 다진 적 있어?
강과 바다가 황홀한 언어임을 느낀 적 있어?
내란 수괴가 숙의(熟衣) 걸친 이웃임을 깨달은 적 있어?
검버섯 핀 손 부여잡고
살아 귀의할 곳이 사람임을 믿은 적 있어?

# 또 하나의 약속

눈물의 영화가 끝났다
무수한 이름이 스크린을 덮을 때
우람한 나무 그늘 아래 노니는 새를 떠올렸다
단 한 순간도 무너지지 않고
고난의 서사에 볼 비비며
꼭 부둥켜안고 지킬 줄 아는 나무의
정직한 헌신을 보았다

3억 5천에
10억에 포기하라는 물신, 그 집요한
쓰레기의 준동에 맞선 부모의 궤적에서
꼭꼭 씹어 새끼 입에 넣어주는
어미의 숙명을 보았다
온몸으로 대지를 파고드는 뿌리의
강고한 생명감각을 보았다

우주의 생애도 이보다 위대할 수 없다
어떤 체제의 인장 강도도 이보다 강할 수 없다
모두가 법 앞에 평등하다고?

주권이 국민에게서 나온다고?

이 영화를 보라
거대 자본과 맞닥뜨린 세 손님의 시선을 보라
체제의 자유이용권을 지닌 손님
개같이 일하다 백혈병으로, 뇌종양으로 죽는
초일류 회사의 노동자란 손님, 그리고
불안과 자책 견디며
도착적 관음증에 시달리는 손님을

눈물 없인 볼 수 없는 영화였다. 버젓한 삼성 마크 가슴에 달고 쥐꼬리만 한 월급봉투, 갖은 협박에 시달리다 한 많은 세상 등진 청년 최종범, 그리고 반도체 공장의 노동자들이 이름 모를 병으로 하나둘 세상을 떠날 때에도 자본은 야수의 눈으로 보고 있었다. 초일류의 구석구석에 쩍쩍 금 가는 꼴이 보고 싶다.

# 알곡의 지성과 예술에 고함

그가 예술의 힘과 살기(殺氣)를 얘기할 때 나는 단호하게 모든 지성과 예술은 사기라고 말했다

스스로 알곡의 생애이길 바라는, 허풍 센 여느 쁘띠부르주아지는 생애의 비바람을 막고 지켜준 무수한 껍데기와 쭉정이 앞에 겸손하지 못하다

미친년 널뛰듯 쏘다니며 제멋대로 예술이란 이름으로 끼리끼리 어울려 사기 치는 도착적 인지장애의 늪을 본다


자글자글 끓는 시냇물 일일이 보듬고
바다로 향하는 강처럼
제 밥그릇에
제 피붙이의 삶터에
깃발 하나 꽂을 수 있을 때
마침내 사람들 가슴에 펄럭일 터


아하, 알아냈다
아름드리나무의 숙제를


제멋에 취한 딴따라나 뽐내는 데에 능란한 꽃과 열매는 제

삶이 어디서 발원하였는지 모른다

열매가 익어갈 때 소리 없이 사위로 뻗는 뿌리는 온갖 벌레에게 헌신하며 저장과 발효를 계속하고, 불평등의 억압 견디며 세상이 곯아떨어진 밤에도 어두운 땅속을 헤맨다

쭉정이야말로
껍데기야말로
뿌리와 연대하며
녹슬고 삭은 모든 것과 함께
녹슬고 삭은 채 묵묵히
견디며 사는 것이다

함부로 껍데기라 말하지 마라
함부로 평화를 달라고 기도하지 마라

껍데기와 쭉정이가 얼마나 많은 밤 자해를 거듭해왔는지 알곡의 지성과 예술이 어찌 알겠느냐

나는 껍데기이므로 오직 뿌리의 노동과 결핍에 십일조를 바치며 당당히 땅에 몸 박고 이 불모지를 지킬 것이다

평화를 달라고 청하기 전에
먼저 손 내밀고
바람에 먼저 증발해야 한다

명심하라, 모든 껍데기는
잘 벼린 칼을 품고 산다는 걸
하찮다고 방자히 굴면 즉시 탈각한 후
내려칠 준비가 되어 있다는 걸

# 가을

가을엔
옷 벗는 나무

기어코 살아남아
옷 꺼내 입는 나

모진 서슬
눈물 마른 나의 가을엔
속량(贖良)을 위해
사랑, 그것만 남기고
불살라야 한다

# 평등

욕망을 무기로 싸우는 자는
꽃도 쓰레기로 만들지만
평등을 무기로 싸우는 자
쓰러지더라도
영원히 평등할 것이다

# 손

겨울 어느 날
눈 내리는 서울의 새벽
누추한 영등포 뒷골목 가로등 아래
꼬깃꼬깃한 지폐를 세는
노인의 손을 보았다

난파선처럼 일그러진 얼굴
불거진 뼈마디, 그건
서울의 표정이었다

빌딩 그늘을 배회할 자유와
자유의 수면을 튀는
연애, 메슥거리는 그림자를 만지던
손들이 에스컬레이트를 붙들고
줄지어 오른다

피고름 줄줄 흐르는 인간들이
숨이 멎기 전의 짐승처럼
쿡쿡거리며

## 내게 상을 다오

내게 상을 다오
한국이 앞에 붙는 빡작지근한 상을 다오
평화도 생명도 민주주의도 들고
사랑 봉사 민족 애국도 든, 그 상만 받으면
존경 읊조리며 가는 곳마다 도저한 후광에
누구든 면전에서 예절 바를 테니
표표한 권세 부릴 그런 상을 다오
그러면 나 다시는 일어서는 풀 이야기 안 할게
바닥의 잡것들이 바람처럼 들고 일어나
세상 뒤집어엎는 은유 다시는 노래하지 않을게
목숨 다할 때까지 제자리 지키는
꽃과 나무의 겸양은 봐도 모른 척할게
오지게 한탕 하려는 속물을 향해
부유하는 쓰레기나 걸핏하면 거처 옮기며 사는
메뚜기 따위로 다시는 비유하지 않을게
밤마다 연애질에 브라보에
후줄근히 자다 깬 하루살이가 되어
속풀이 콩나물국 앞에 놓고 잠시 묵도한 후
'아멘!' 하면 신앙도 득달같이 충전되는

파리한 욕망 따위 절대로 서술하지 않을게
가계부 칸마다 꿈틀대는 욕망의 계수
계급상승의 꿈과 비례하는 고통과 절망의 비용,
질긴 체제가 만든 반동에 아스러지는 시나
잡문 따위 다시는 쓰지 않을게
생명이니 윤회니 대포 놓는 썰 절대로 풀지 않을게
그리운 바다니 섬이니 삶의 궤적이 어쩌고저쩌고
똥오줌 가래 토물 냄새 밴 병실 풍경도
땟국 줄줄 흐르는 뒷골목의 결핍과 장애도
지천으로 적발되는 변절의 단초도 말하지 않을게
혹여 누가 일터에서 쫓겨나 굶어 죽었다 해도
뜬금없이 아는 체하지 않을 것이며
전선에 몸 던지거나 선동하지도 않을게
그러니 내게 상을 다오
수백 수천의 잘 차려입은 신사 숙녀들이
향수와 분내 풍기며 와서 축하하게 해다오
통통하고 뽀얀 피부의 관료들과
기품 넘치는 지성인 사장님 사모님들이
우아하게 미소 지으며 손뼉 치게 해다오

그리하여 내가 죽을 각오로 준비한
자결의 결단을 감행할 기회를 다오
그러면 나는 노회한 시 한 수로 연놈들
밑구녕 살살 간질이고 희롱하다
영혼에 세공(細孔) 내는 언어로 한 볼때기 갈긴 후
사람의 일에 이따위 상이 필요하다고 생각한
주류 철학의 허구를 무너뜨릴 것이며
기회주의에 젖은 놈들의 뇌와 신경계를 찔러
단 한 놈도 빼지 않고 억장이 무너져 통곡하게 만든 후
평생 분노로 몸부림치도록 낱낱의 생애 비틀어 줄게
그리고 생색내기 좋아하는 그 품격의 허구 앞에
나는 장렬히 딸딸이를 칠 것이다

그건 네놈들이 여태 저지른
반 인간의, 거대한 악행의 쓰나미에 비하면
기껏 시냇물에 불과할 것이므로

# 통장

박박 기어 잔액 좀 만들면
톡 털어먹고 또 얼마나 걸릴지
매일 고구마 삶는 기분이다

가장에게 시는 개뿔이다

먹구름 비집고
벌건 바다가 쏟아져
설사 중인 통장 끙끙 앓을 때
막둥이 용돈 주는 손등
핏기 싹 가신다

# 이연(離緣)


그리워 마
난 이미 여기에 없어

네가 아파 울 때
난 나뭇잎보다 빨리 떨어져
쓸쓸히 섬으로 가고 있었거든

네가 준 담배
마지막 한 개빌 태운 후 도무지
멎지 않는 이 잔기침은
무수한 기억과 이별하는 아픔인가 봐

그리워 마
난 이미 여기에 없어

산등성이 억새가 드러눕고
부허연 파도 가슴 때리던 밤
죽음의 단애(斷崖)에서 추락한 사랑
이젠 잊도록 해

# 천사

잡초의 생애 서걱대는
병원 복도에서
사랑이란 종신형을 만났다

헌신의 마지막 문턱 넘어서는 건
언제나 천사의 몫, 그 사랑이
미치도록 눈물겹다

어느 밤 악성 림프절 종양, 거의 구 할이 사랑인 그녀의 인생을 들었다.

2부

## 127 마지막 날에

밀양 투쟁의 박물관이어야 할
127번 움막이 20분 만에 사라졌다
동틀 녘부터 꽃에 물 주던 비운의 할매들과
방방곡곡 한달음에 온 선량한 노동으로 두른
영혼의 철조망과 참호도 갈아엎어졌다

그리울 것이다
꼭 만나야 하는 연인처럼
살아가며 그리울 것이다

저 해안의 점령자를 몰아내기 위해
공룡 자본의 거짓과 이윤을 때려 부수기 위해
한반도를 호모하빌리스의 대지로 되돌리려는,
소비와 출세가 기쁨인 핵 마피아들에게
땅과 나무의 속삭임에 귀 기울이며 살다
땅과 나무와 함께 죽는 게
얼마나 엄중한 일인지 가르치기 위해
우리는 다시 만나야 한다

그리운 사람들아
다시 역모하고 선동하자

2014년 6월 11일 오전 6시, 권력의 개들은 고립무원의 숲속에서 송전탑을 반
대하는 주민들과 연대 시민을 향해 '행정대집행'이란 이름으로 인정사정없
는 폭력을 휘두르며 고착과 연행을 감행했다. 마지막까지 남아 싸우던 장동
움막, 101번, 115번, 127번, 129번은 원전 양아치들이 장악한 무법천지의 연
회장이었다. 쇠사슬을 목에 감고 저항하는 할매들을 무력으로 끌어냈으며
성직자와 연대자의 팔을 꺾으며 닥치는 대로 살림살이를 때려 부쉈다.

# 경운기


녹슬고 늙어도 아름다울 수 있다

아직 이 도시에
더디 가거나
거꾸로 가도 되는
비밀의 길이 있는 것처럼

# 변절

움직이는 건
잠시도 쉬게 하지 마
놀려둔 밭두렁에 잡초 자라듯
어느 순간
마음 놓아버리면
그 틈새 노리는
아주 비열한 놈들이
비집고 들어오거든

# 정속주행

밟아도 주인의 뜻 따르지 못하는
지구 열네 바퀴 돈 나의 차
정속주행만 하는 늙은 몸으로
평등은 무어며 혁명은 또 뭔가

몇 곡의 노래, 구호와 연설
몇 번의 함성과 촛불
뒤풀이에 분주한 술집 풍경
끓는 내장탕에 이는 패배의 파랑,
들락이는 숟가락의 허무조차 정속이다

더는 애간장 녹아내리지 않는
늙은 광장, 니기미
불사르는 시대는 끝인 거야?
박 터지게 내달리는 건 끝이냐고?

# 아버지의 바다

나락의 시간
아버진 바다로 떠났다

정갈한 침실과
새끼들 간식을 위해

왔다 왔어!
가장이란 위성항법장치 작동 중

우내리의 언덕에 모가질 처박으며
출렁이는 달팽이관

헉헉!

눈 질끈 감고 고기떼 따르며
황량한 바다에 몸 던진다

빈 그물의 탄식과
자괴의 술잔 들이켜야 하는

쓸쓸한 항구로 돌아오지 않기 위해
그물 움켜쥔 사생결단

놀란 바다
실눈 크게 뜬다

우내리 / 너울파도의 경상도 뱃사람 방언.

# 궁합

번쩍 들어 올려
내 어머니의 숙명을 닮은 당신의
아득한 궁둥이 아래 기저귀를 쏙 넣으니
당신의 몸과 내 힘이 잘 맞아
누가 뭐래도 우린
궁합이 잘 맞는 사이입니다

해거름녘 햇살처럼
당신이 으스러진다 해도
내 영혼 미적대지 않고 고요히
소슬한 고뇌의 저부로 터벅터벅 들어가
젖은 목숨의 각서 쓰고 나오는
엄숙한 보호자이니까요

꽃

꽃을 샀다

꽃도
사랑도
산 것은
오롯이 책임져야 하거늘

# 난수표

인간을 패대기치는
광기의 언어가 뚝뚝 떨어진다

선은 선이라고
악은 악이라고
저만이 꽃이라 우기는,
자기애만 남은 생애의 난수표
해독이 가맣다

# 거울

내 마음엔
먼지투성이 거울이 하나 있습니다
그리움의 우주에 덕지덕지한 상처가
부평초처럼 살아온 시간을 헤집는
낡은 거울입니다

내 종아릴 내가 때리며
허공에 떠도는 그리운 이름
하나하나 부르며 울어본들 거울은
사랑하라고만 합니다

임이여
만유에 녹아 소리도 없는 그 훈육
마음 하나로 믿고 따르기엔
너무 버겁습니다

# 탄원서

존경하는 재판장님
촘촘한 보도블록 아래로
양지를 향한 그리움에 목숨 걸고 내뻗는
가로수 뿌리보다 애통하도록
쇠약한 밑불의 침울과 엄숙 끝내도록
가장 둔중한 형량을 때려주십시오

팔 비틀어 뻗어 등의 때 스스로 밀어본 적 없는 재판장님
　나어린 용역에게서 주는 밥이나 처먹으란 말을 들어본 적
없는 존경하는 재판장님
　몇 달 봉급을 받지 못해도 실직이 두려워 어두운 포장집에
앉아 울며 하늘 올려다본 적 없는 재판장님
　생애를 통해 당신의 이성적인 실정법과 자연법에 무너진 영
혼을 단 한 번도 당신의 가슴으로 데려가 눈물로 용서 구하고
하룻밤 재워준 적 없는 존경하는 재판장님
　온몸 경외뿐인 인간의 기품을 향해 권위에 대한 불복종이라
며 법정모욕죄의 칼날을 좆 꼴리는 대로 휘두르는 재판장님
　인정사정 볼 것 없이 형량을 때려주십시오

눈뜰 때마다
당신이 기대어 쉬던
나무 그늘의 종말을 기도할 수 있게
더는 바라볼 곳도
잃을 것도 없는 제 눈빛이
복수의 꿈으로 번득일 수 있게
존경하는 재판장님, 간곡히 청합니다

'존경하는 재판장님'으로 시작하는 탄원서를 무시로 쓰며 알 수 없는 비애
에 빠져든다. 탄원과 침묵 너머의 세상을 그리며.

## 주례 구치소에서


바람도 가두지 못하는 게 있지
그것은 사랑
햇살에 기대어
잠시 졸며 꿈꾸는 그리움

언 볼 비비며 새끼들에게
사랑한다, 한마디 꼭 하고 싶어

이파리 다 떨어지고
뼈만 남은 나무가
천길만길의 나날, 그
눈물의 생육사 꼭 부여잡은

# 길


음악을 찾습니다

이 좁은 남녘에서 지구 열네 바퀴를 달린, 늙은 차의 보수적인 철학과 차창에 말라붙은 날벌레 사체를 닮은 퀴퀴한 흔적이 아니라 단조 풍의 순정을 찾습니다


치유의 하늘을 찾습니다

초록의 산등성이를 지키던 저 두텁고 우람한 나무의 신비가 사라진 어느 저녁, 너무 슬퍼 고고한 숲 너머 가지 흔들릴 때마다 정녕 우수수 털던, 아릿한 희원(希願)을 찾습니다


길을 찾습니다

온정마을 방파제에서 트럼펫 불던 짝다리 노인이 왔던 길 절뚝이며 돌아가는 황혼의 길이 아니라, 방울방울 신경계 들쑤시는 연민의 링거액처럼 고요히 육화(肉化)되어 흔드는 길을 찾습니다

기도와 순명의 길 찾습니다

# 감천 문화마을 소고

쥐포와 핫도그 양손에 들고 좁은 골목 떼 지어 걷던 아이들
중 한 아이가 소리쳤다
"선생님, 이런 집에도 사람이 살아요?"
인솔교사는 아무렇지 않게 대답했다
"너희도 공부 열심히 안 하면 이런 집에 살게 돼."

두 사람의 입을 뛰쳐나온 언어는 미닫이 유리문 안 밤일 마
치고 들어와 잠 덜 깬 일용직 막벌이꾼의 신경계를 긁었다
"씨발, 저것들 땜에 딸딸이도 못 치겠네!"

널브러진 방구석 동여맨 보따리마다 숨죽이던 가난과 혐오
가 헐떡이며 삐져나왔고, 기색혼절하여 녹슨 수도꼭지 틀어
잔을 대니 나오라는 물은 안 나오고 얄궂은 산동네 수압은 비
애가 되어 한 방울씩 뚝뚝 떨어졌다

그는 속옷 차림으로 벌떡 일어나 저 앞에 굴러가는 돌대가
리들을 향해 욕을 퍼부었다
"야이 씨발 것들아 잠 좀 자자!"
뜬금없이 각성하여 내지르고 나면 만날 허물어져 굴욕을 주

체하지 못해 어른이고 애고 보이는 대로 짱돌로 뒤통수 갈기
고 싶어 한다

　도시 변두리 질펀한 형극의 생애를 허락도 없이 한갓 볼거
리로 만든 관료의 눈
　공명에 시선이 꽂혀 야비한 체제의 물살 거스르지 않고 눈
먼 돈 한 움큼 만져보려고 버둥대는 사이비 예술가가 "잠 좀
자잔 말이다!"라고 실룩거리는 도시빈민의 일상을 알 턱이 없
는 일

　빛의 집?
　암흑의 방?
　하늘 마루?
　평화의 집?
　북 카페?

　울긋불긋한 우리에 갇혀 졸지에 피사체가 되니
　참말로 지랄도 가지가지 하세요다

니들 새끼나 마누라
허름한 새시 문 한 장으로 가두고
얌생이 달구새끼 보듯 하면
제명대로 살겠어?
대체 뭐가 하늘이고 평화란 말이냐?

전쟁 중 피난민과 집단 종교인촌으로 형성된 감천동 산동네의 문화마을은
체제의, 인간에 대한 예의의 결핍을 적나라하게 보여주는 곳이다.

# 간장게장

냉장고의 간장게장 통에서
게가 자란다

풋기 돌던 것들
한 마리씩 먹다 보니
바닥의 소금기 절은 게들
짜게
짜게
자라고 있다

죄 없이 끌려와 고향 그리워하다
눈물조차 말라 눌어붙은
바닥의 버림받은 태생의 형질이란
대체로 관록파(貫祿派)의 투사나
전향한 음식 쓰레기, 그 둘 중 하나

세월호 1. 비명

'고장 난 테레비 삽니다.'
'컴퓨터 삽니다.'
'금니 삽니다.'
'중고 세탁기 냉장고 삽니다.'
'쓰지 않는 은수저 삽니다.'

다 산단다
추억도
눈물도
저주와 분노도

촛불 들고 구호 외치다
늦도록 선술집 밝히는 풍경인들 안 그러랴
푼돈이라도 없으면 투쟁도 눈칫밥이다
화냥년 시집 다니듯 체제의 훈육에 일거일래하다
열분(熱憤)의 순간에도
촉수 뻗치는 한 잔의 휴식과 평화도
돈으로 사야 하기 때문이다

노회한 유령이 똬리를 튼,
마치 혁명이 도래한 듯 광장에
대꼬챙이가 된 말씀이 휙휙 날아다녀도
누군가는 오징어를 씹고
누군가는 돌부처처럼 전화하고
무심히 셔터를 누른다

삼십 분이 지나고 한 시간이 지나
핏빛 공감과 분노가 잦아들 즈음 여기저기
궁둥이 들썩이는 산만한 대열 속에서 들었다

울었는지
눈자위 붉은 젊은이 하나
벌떡 일어서며 던진 외마디 비명을
씨발, 권력은 총구에서 나온다고!

세월호 2. 눈물의 부활절에


아이들아, 너희가 부활하렴
꽃으로 살아 돌아오렴

서울 부산 광주 대전의 모든 광장으로 오렴
너희를 살릴 능력도 의지도 없는
저 희멀건 주구들에게
팬티 차림으로 뛰쳐나와 병원에 누워
젖은 돈 말리던 우리 안의 선장과 항해사에게
폐에 물이 차 숨이 멎는 고통을 가르쳐주렴

영등철 매서운 바다에 갇혀
죽어 가는 새끼들 단 한 명도 살려내지 못하는
무능한 기생충들의 가장무도회
"내 아이 좀 살려주세요!"
울부짖는 엄마에게 내민 저 태연자약한 손
반 인간의 손모가지 내리찍고 싶구나

저 손의 품격
저 손의 거짓

저 손의 청탁
저 손의 기록
저 손의 휴식과 노후
저 손의 유전자와 음모를
도가(屠家)의 칼로 처결하고 싶구나
날려버리고 싶구나

아이들아
이 잔혹한 봄 너희가
꽃으로 부활하렴

세월호 마을집회에서 낭독되었던 시다.
영등철 / 영등 할미가 심술부린다는 연중 최저수온기.

세월호 3. 손에

그라인더 절단기를 들었던 손에
보드마카와 레이저포인터를 들었던 손에
당과 조합의 깃발을 들었던 손에
전대(纏帶) 여닫던 짭찌리한 시장통의 손에
후진 2단 전진 16단 기어를 갖고 놀던 손에
아이 볼 쓰다듬던 아빠의 손에
유동레바 젖히던 철도 노동자의 손에
종일 고객님 돈만 세며 전표 정리하던 손에
문 걸어 잠근 자폐성 이기의 손에
쌀 안치고 숫밥 담던 엄마의 손에
저항의 교양 실천하겠다는 심약한 개량의 손에
주의력결핍과 충동조절장애의 손에
밤이면 탱탱 꼴려 딸딸이 치던 손에
패배의 찌꺼기가 소소히 뜨는 술잔 든 손에
침묵의 촛불 들고 폴리스라인을 걷던 손에
대오의 일탈을 경고하는 확성기를 쥔 손에
허공 가르며 날아가
적진 깊숙이 흩뿌려지는 붉은 꽃
이제 움켜쥐어야 하지 않겠니

그 누구든
목숨 대하는 태도가 개차반일 때
몽둥이라도 휘둘러야 하지 않겠니

# 마침표

점 하나 찍는 순간
내 사유는 부고장이 되고 말았다
상자 속 처음 썩기 시작한 귤처럼
산 것의 숨통을 끊는 거였다

마침표를 버리니
압축의 행간 들락이던 놈들
퍼들퍼들 살아서 멋대로 혼음하며
저들끼리 연대하고 있었다

어떤 건 민들레가 되거나
세상에 삼투(滲透)하다 갈피를 삐져나오거나
어떤 건 밤새 해도 다 못할
순정한 전설이나 바람꽃이 되었다

# 산의 얼굴

작은 밭떼기
소소한 생명 일구며
사지로 헌신하고 관조하신, 아
운명에 맡긴 채
묵묵히 길 가신 어머니

형극을 이기고
마침내 산이 된 얼굴을 봅니다

어느 날, 책갈피에서 흑백의 어머니 사진이 툭 떨어졌다.

# 살던 곳에서 내쫓지 마라

돈에 사람이 무너지면
그 사람에 사람이 무너진다


골목마다 뛰놀던 아이들이 인사 한 마디 없이 마을을 떠나
자 대추나무들은 절명의 의지로 시멘트벽 파고들며 줄기의
겉켜를 벗었고, 재개발의 악령이 마을을 덮칠 때 돈에 무너진
사람들 하나둘 보따리를 쌌다
용달차가 마을 어귀 들어설 때마다 소꿉질하던 꼬맹이들
지켜보던 늙은 석류나무와 모과나무도 슬피 울었을 것이다


사십 수년 전 고향 산동네에서 용역과 싸우다 손목 날아간
남씨 아재도 칠십 노인이 되어 "나라와 싸워봐야 본전도 못
찾아." 하며 자조의 보따릴 쌌을 테고 태용이도 미숙이 누나
도 뻗대다 그리 쫓겨났을 것이다
그 아득한 고향 떠나온 내 형제 새끼들 아우성이 가슴팍에
스미자 하염없이 눈물 흐른다


아침이면 골목마다 섰던 차들 시동 걸고, 책가방 메고 햇살
그득한 언덕배기 오르며 학교 가던 올망졸망한 꿈과 희망이

어느 날부터인가 담벼락의 벌건 '단결!', '투쟁!'이란 구호가
되어 내 집에서 살겠다며 남은 이들의 핏빛 절규가 되었다
　낡은 자판기에서 커피 빼먹는 이웃에게 큼직한 평상 내놓은
슈퍼 아줌마의 마음을 단 한 번도 가져 본 적 없는 토건족, 걸
핏하면 개발이익 돌려주겠다고 공갈치는 아파트의 유령이 만
덕 5지구를 배회하고 있다

　돈에 떠난 사람들 돈이 아니고선 돌아오지 않을 터
　열일곱 평 4호 연립, 스물여섯 평 2호 연립, 그 순박한 뜰 둘
러선 미닫이문 안의 삶이 떠나고, 밤마다 고기 구워 한 잔 땡
기던 아재들과 술 깨면 여기저기 해끗해끗한 벽화 그리던 극
장 간판장이 아재도 떠나니 그림 따라 줄기 뻗던 늙은 담쟁이
덩굴도 시름시름 앓고 있다
　월부 책장수 냄비장수가 골목에 오면 샘나 수떠는 사람들
로 한바탕 뒤집어지고, 앞집 옆집에 뭐가 있는지 다 아는 마을
　옹기종기 소박한 공동체 이루며 쪽문 열고 살아도 내 집이
니 행복했던 이곳을 누가 이리 만들었는가
　집집이 옥상에 드러누우면 아랫집이 초록의 정원이 되는 이
곳을 누가 야만의 마을로 만들었는가

이제 만덕 5지구 대추나무골은
도회의 고독을 치유하는 마을이어야 한다
떠난 아이들이 골목으로 돌아와
버려진 화단의 꽃과 나무와 어울려
딱지치기하는 곳이어야 한다
비 오면 처마 물 떨어지는 소리에
바람 불면 나무 떠는 소리에
눈 오면 온 동네 골목마다 눈사람이 서 있는
처연하고 다복한 마을이어야 한다
저 치솟는 아파트의 으름장 앞에
낮은 곳에서 어울려 사는 게
얼마나 고결한지 가르치는 학교여야 한다

이 언덕배기에 사람이 있다
끝까지 내 집에서
내 방식으로
살 비비며 살 수 있게
대추나무골 만덕 5지구로 가자
그림쟁이도 와서 그림 그리고

시인도 들어와 시 쓰고
조그만 교회도 들어와 주일 아침엔
아이들 손잡고 종소리 들으며 기도하자

제 살던 곳에서
햇살에 기대어 사는 게
얼마나 아름다운 순명의 시간인가
더는 살던 곳에서 내쫓지 마라!

영주동, 초량동, 수정동 산동네에서 강제로 쫓겨난 사람들의 이주촌이었던
만덕 5지구는 토건족에 의해 지금 해체될 위기에 처했다. 여남은 사람들이
수십 년 터 잡고 살던 곳에서, 내 집에서 살겠다며 울부짖고 있다.

# 시가 무너지는 밤

시는
고난의 숫돌에 온몸 가는 것

남발된 미학
어설픈 애련의 서사
교살당한 언어에 젖은 자기애

자진하여 가난의 길 가려 했거늘, 아
나는 무슨 미련이 남아 여태 곧추서려 하고
사랑, 그 엄숙을 성가시게 했던가

원통해라
좀 더 철저히 망가뜨리지 못하다니
눈물이 숙제인 오늘 밤
시는 무너진다

# 대안

정면 돌파의 의지를 잃은 유령들이 떠돌다 자신의 게으름과
의지박약을 숨길 놀라운 신세계를 발견했다
그 변명과 도피의 DNA가 꾸며낸 얍삽한 시냇물의 군집을

기필코 흘러 강과 바다에 몸을 섞겠다는, 소박한 삶 일으킬
의지조차 잃고 지천으로 웃고 떠들며 흐르다 문득 내인성(內
因性) 장애를 벌충하는 발막한 데를 찾다 발견한 우연의 세계

꾸역꾸역 사는 일이 지겨운 사람은
엎질러진 물처럼
인간의 빈틈을 찾아 번져나간다

작은 웅덩이가 우주인 줄 아는 비대한 송사리처럼 자아비판
에 서툰 인간의 심약함이야말로 이지러진 문화를 일군 가장
악질의 인자가 아닐까
해 질 녘이면 떼 지어 브라보를 외치며 근친상간의 욕망이
연쇄 감염을 일으킬 때, 나와 같은 곳을 바라보는 사람들이
많을 거라고 믿는 자기위안의 집단 딸딸이현상 말이다

# 시원(始原)


누구도 범한 적 없는
경외의 처녀지에 맨 처음 디딘
발자국이 남긴 상처

풀섶 생명과 대지의 영혼에 무지한
이방인이 걸어 길이 나고 죄 없는 벌레들
옴실거리다 내장 터져 죽은 숲의 역사

시여 집착하라
입덧하던 뿌리의 핏물이
고요히 흘러 시내가 될 때

깊이
더 깊이
시원에 집착하라

# 신용카드

새 신용카드를 받아들고 웃었다
으하하하
비루한 체제의 갈보들아
좀 더 후벼 파보시지
좀 더 촘촘하게 걸러보시지

하긴 그 허름한 체로
늪 바닥에 쟁여진 뻘의 사유
어찌 걸러 내겠느냐

체제의 꽃놀이 패, 그 끊임없는
수모에 수족 다 바치며
반상의 모든 돌에 대오각성을 요구하는
대마의 장고와 침묵, 그리고
조울증의 사용한도를

# 불빛 소고

저 불빛은
파산한 체제가 꾸미는 계략의 상징이다

상념에 젖은 무산계급의 소소한 시선이
저 불빛의 오랏바람에 포박되는 순간

## 1. 이종(異種)

당신이 피곤한 노동을 마치고 포장마차에 앉아 오징어무침과 소주를 모국어로 떠들고 있을 때 문화 혹은 지성이란 외래어를 쓰는 자들은 욕망과 품격의 탑을 쌓는다

더 높은 곳을 향해 비행을 꿈꾸는 저들은 여태 보지 못한 새로운 인종임에 틀림없다

## 2. 동의체계

시계부랄처럼 뼈 빠지게 일하는 당신은 포식자의 발에 소문도 없이 비명횡사하는 하등동물의 비애를 포착하며 살아야 한다

가늠할 수 없는 저 불빛의 안전함에 태생의 불평등을 느끼지 못한다면 대체 그 무지와 박력은 어디서 오는 건가

### 3. 이기적 계급

구매 가능한 사랑과 행복, 구매 가능한 평화를 주체할 수 없다고? 하긴 벌어서 남 주나 싶겠지

밤마다 허깨비 숨결 내뿜는 사람들은 다 그래, 남이야 죽든 말든 새끼들과 저녁마다 만찬을 준비하는 계급이거든


### 4. 욕망의 좌표

저 불빛을 봐, 저건 질주하는 체제에 협작(挾作)하거나 소비와 이기의 원심력에 길든 문화적 인간의 도피 방향 x축과 행복과 평화의 y축이 만나는 교점이지

낱낱의 생애가 꿈꾼 좌표를 제대로 알기 위해선 독하고 질기게 살아봐야 알게 돼


### 5. 피아(彼我)

아랫도리 꼴릴 때마다 백화점 매장 보랏빛 대리석 위를 또각또각 굽 튕겨가며 우아하게 어슬렁거리는 저들이 아군인지 적군인지 모르겠다고? 이 멍청한 사람아

길 가다 링컨콘티넨털이나 베엠베 살짝 건드려 봐, 피도 눈물도 없는 계급의 속성을 알게 될 거야

### 6. 고해(告解)의 자화상

눈을 바닥에 깔고 어울려 살자고 외치는 사람들의 한숨과
몸부림을 조롱하며 마치 신성불가침의 영토임을 덧간까지 그
어 밝힌 저 불빛은 체제의 콤플렉스에 찌든 고해의 자화상일
지도 몰라


### 7. 진앙(震央)

오늘도 60층 80층으로 치솟는 저들은 자본과 권력의 부스
러기라도 되길 바라므로 그 습속을 위해 치열하게 반복 학습
하지

자, 그대를 달구는 적개심과 지배계급의 곰팡내 나는 공갈
협박 중 거대한 불평등의 진앙이 어딘지 이젠 알겠는가


### 8. 혁명정신

민중의 심연에 난입한 오랑캐의 유전자를 면면히 잇는 저들

매일 불온한 자들의 생명 시들게 해달라고, 창백한 주검의
행렬 멈추지 않게 해달라고 기도하거나 불면의 분노와 서러
움조차 가두려 하지

생각해 봐, 체제의 모가지를 딸 혁명정신의 발원지가 어딘지

자, 이제 깃대 꽂을 자리는 잡았는가
총구와 포신의 탄착점을 알겠는가
승리가 늦추어질 순 있어도 질기면 반드시 이긴다
한 치도 오차 없이
저 발칙한 우상을 향해
돌격 앞으로!

# 사랑

삶의 거대한 해령(海嶺)
꼭대기의 암초는
내 사랑의 단단한 서슬

오랜 침식에 뼈 드러내고도
제자리 지키는 건
포기할 수 없다는 침묵의 증명서

그래서 난 웃지 않아
웃을 때마다 가슴의 사랑이 한 줌씩
빠져나간다는 걸 알게 되었거든

# 기도

반 평도 안 되는 땅에 뿌리박고
불평 한마디 없는 저 나무처럼
난 왜 정착하지 못하는 걸까

부초처럼 흘러온 삶이 처연해
밤새 뒤척이다 고갤 드니
나보다 먼저 일어난 별과 달이
귀에 속삭인다

"쓸쓸하거나 사는 게 힘겨우면 기도하렴."

# 아내의 똥 기저귀

아내의 똥 기저귀는
아직 견뎌야 할 산맥의 역경과
사랑할 것이 남았다는 증명이며
누구도 함부로 만지거나
입에 올려선 안 되는 순결의 내력이다

부초 같은 딸과 아들에게
어디서 났으며
어떤 세상 살아야 하는지 가르치는
위대한 훈육의 기록이며
장구한 궤적 지켜온, 냄새나는 어머니의 삶을
굳게 붙들어온 눈물의 징표이다

그건
적막과 번민의 압력에 굴복한
혈관이 터져 혀 꼬이며
반벙어리가 되어 고꾸라질 때에도
부부라는 법리적 관계 이전에
목숨 걸고

광대무변의 사랑 실천하며 살아왔다는

가장 오랜

원시공동체의 찬란한 증명서이다

# 아이

하늘 향해 피는 꽃
날 바라보는 아이

꽃이
아이라면
난
하늘이고 싶다

# 몸

몸은
지탱할 만큼만 자라는
강아지풀처럼 겸손하다

몸은 매일 쓰러졌다 일어나며
의심하고 흔들리는 사유
가장 힘 있고 엄숙하게 붙든다

몸은
눈물이 마를 때쯤
슬픔의 의미에 답하기 위해
겨우 삼킨 물 한 술에 젖기 시작해
결국 일어나고 걸을 걸 믿는
수십억 세포의 기도

# 3부

죽고싶으면
들어온나

2014. 3. 10.
덕촌칸머니

# 시의 본성

인생의 갈림길에서
다 썩든지
다 싱싱하든지
양자택일해야 할 때가 있다

눈앞에 짐승을 두고
도륙을 망설이지 않았던 백정의 칼처럼
필살의 기세로 벼린 날 하나 없이
번드레한 속물주의와 어찌 겨루겠는가

줄 세우지 말고 줄 서지도 말 것이며
큰놈 작은놈 뒤섞여 모조리 까발려라
생과 사, 둘 중 하나인 언어로
종적이 묘연한
모든 엄숙과 참회를 사회화하라

시는
노동으로 채굴한 언어
시의 입술이

자유와 행복을 읊조릴 수 없도록
미늘 부릅뜬 대못 꽂아
꼴리는 대로
막장의 개처럼 끌고 다닐 테니
독자 제위여 불편해하지 마라

시의 본성은 애당초
무산계급의 노래였다고 말하리라

## 사상의 자유

사유의 길은
내밀하게 응축하며
터벅터벅 홀로 걸어가는 것

비명을 지르든
탱탱 꼴려 딸딸이 치든
깽판을 치든 목 매달든
더는 지껄이지 마라

얼굴 한 번 본 적 없는 놈들이
반질반질한 내 자지가 위험하다니,
지랄들 하고는

# 그물질

민주주의란 접두어에 이끌려
한철 출렁이다
그는 외로이 흘러갔다

강에 돌 던지면 돌도 강이 된다더니
지금 어느 물길에
닻 내려 그물질하고 있을까

몇 해 전 그는 나에게
어떤 고기가 잡히든
그물만 무거우면 된다고 했다

# 나의 詩는

나의 시는 두려움이었어
산의 10번지에 살던 유년기의 얘기야
이슥한 밤 집으로 돌아가던 길이었지
폐허의 정류장을 지나다 우두커니 선 유령을 보았어
오줌을 지릴 만큼 무서웠지
그 앞을 내달리며 난 큰소리로 노래했어
아마 '황금박쥐'를 백 번도 넘게 불렀을 거야
바람에 흔들리는 변소 가마니 문은
어린 내가 감당할 수 없는 두려움이었지
가난한 겨울 취하신 아버지 막걸리 심부름도
'황금박쥐'가 없인 못 했을 거야
아, 얼마나 많이 불렀을까
캄캄한 골목 달리며 두려움에 질려 그 노래만 불렀거든

나의 시는 외로움이었어
제날에 기성회비를 내지 못하면
토끼 후리듯 제자들을 내몰았던 교실에서 쫓겨나
하릴없이 걸어간 곳이 용당이었지
동명목재 앞 바다를 메운 뗏목을 타고 놀며

외로움이 뭔지 몰랐지만 그냥 쓸쓸했어
누군가 버리고 간 통줄과 미끼를 주워
해 저물녘까지 꼬시래기와 노래미를 잡았지
집에 갈 때엔 다 버릴 고기였는데 한 마리 한 마리
왜 그리 챙겼는지 모르겠어
뗏목 어딘가에 숨겨둔 책가방 찾아 터벅터벅
집으로 돌아가는 길에 많이도 울었지
또 거짓말을 해야 하는 게 슬펐어
일곱 형제 학교 보내느라 등골이 휘는 어머니께
기성회비 얘긴 차마 할 수 없었거든
어린 가슴에 쳐들어온 불가항력의 외로움은
여태 살면서 가장 지독한 게 아니었을까 싶어

나의 시는 거리에서 시작되었어
꽃잎처럼 흩날리던 광주의 눈물을 만나며
난 서서히 전사가 되었지
투표로 만들어진 권력은 가짜라고 믿었어
위대한 혁명가의 삶이 날 뒤흔들었고
가투가 잦아지며 무시로 유치장을 들락거렸지

그땐 정말 배를 가르고 싶은 충동으로 살았어
비밀결사의 동지들과 한 잔 마시곤 퀭한 눈으로
발도 씻지 않고 쪽방에서 뒤섞여 자던 불면의 밤들
남포동에서 오버브릿지에서
대청동에서 서면에서 온천장에서
아가리 쩍 벌리고 언제 우릴 집어삼킬지 모르는
시대를 끝내는 게 그땐 왜 그리 힘들었는지
그래, 젊음만으로 맞서는 게 무리였을지도 몰라

나의 시는 스산한 병원의 그림자였어
아픈 아내랑 내 집 드나들 듯했지
온천극장 문을 나서다가도 응급실로 달렸으며
떡볶이를 먹다가도 응급실로 달렸지
병원은 세상에서 가장 차가운 곳이었어
몸과 마음이 찢어지고 썩어 들어가도 누구 하나
슬퍼하지 않는 도둑놈의 성이고 부품들의 성이지
고립된 인간이 절규하며 몸부림치는
비열하고 차디찬 체제의 본부 같은 곳이야
인간의 길이 아닌 짐승의 길을 가기로 작정한

체제가 만든 최고의 걸작이 병원일 거야
목숨 건 싸움을 버티는 패배와 절망의 두려움을 향해
무한의 겸손과 인내, 눈물과 돈을 요구했어
아내를 반드시 치료해야 했던 난
이미 두 아이의 아버지고 가장이었거든

나의 시는 아이들의 영혼이었어
생사의 경계를 무시로 넘나들던 아내의 몸에서
가을 하늘처럼 맑은 눈을 가진 아기가 태어났지
그 아기는 생애 최고의 기적이고 신비였어
뒤집고 엎드리고 기고 일어나 걷는 걸 보며
모든 아기가 꽃처럼 아름답고 신비했지
우연히 발견한 그 감동은 삶을 송두리째 흔들었어
사상공단 입구 허름한 철공소 이 층에서 기적을 보았지
로마 뒷골목 산 로렌쪼의 기적과 비슷한 것이었어
가난한 노동자의 아이를 돌보는 일은
일당 만 원짜리 실낱의 삶을 붙드는 일이었거든
기쁨이고 축복이었던 서른 명의 아이들, 그 작고 여린
꽃의 궤적을 발견하는 데 오래 매달렸지

꽃을 사랑하는 일은 별을 발견하는 것이었고
꽃을 배우는 일은 태양에 몸을 데는 일이었거든
세월이 흐르고 나니 아이들이 날 다 가르쳤더군
이십 년이 훌쩍 지나 비로소 깨달았어
찢어지게 가난했던 노동자의 아이들에게서 배운 건
언제든지 돌려줄 거라 생각하며 살았어
언제쯤일까, 아이들이 내 품에 안겨 잠들고 꿈꾸는
동네 어귀 버드나무 같은 할아버지가 되고 싶어

나의 시는 섬과 바다였어
형이상의 고독을 증폭시키는 곳이 바다였지
반짝이는 별이 어깨에 내려앉아 소곤대는 곳이었어
직벽을 기어오르던 너울이 깨어져 태양을 향할 때
유랑하는 뭇 생명의 아우성을 들을 수 있었어
생명의 양식이 되기 위한 바다의 몸짓이 파도임을 배웠지
하나둘 반역의 거리를 떠나던 날 난 미칠 것 같았고
공의가 넘실대던 거리는 폐허의 전장이 되고 말았지
패배의 찌꺼기뿐인 물신의 거리를 바라보며
난 아무 말 없이 바다로 떠났고

바다에도 아득한 그늘이 있다는 걸 알게 되었지
갯내음 우내리 물질하는 해녀도 선장도
늙은 다방 레지도 그 그늘로 날 초대해주었어
거기도 사랑하는 사람들이 있었거든
꿈꾸며 돌아올 수 있었던 바다가 좋았어
가끔 사는 게 너무 재미없어 펑펑 울고 싶을 때
바다는 내 투정 다 받아주고 위로해 주었거든

나의 시는 기도였어
모두가 잠든 어느 겨울밤
도둑고양이처럼 찾아 들어간 동네 예배당에서
가장 낮게 엎드리라는 묵언을 들었어
사랑 말고는 내 품에서 모든 게 다 날아갔을 때
그 허기에 남김없이 무너진 후 외려 영혼이 명징할 때
신은 비로소 손을 내민다는 걸 알게 되었지
어느 것도 허투루 된 것이 없음을 배웠어
사랑하며 살지 않으면 단 하루도
제대로 사는 게 아니란 걸 깨닫게 된 거지
피 흘리며 죽음의 언덕 뚜벅뚜벅 걸었던 날로 돌아가

무릎 꿇고 속죄와 평화를 기도했어
권력이 아닌 것과는 싸우지 말라는 위대한 훈육이었지

나의 시는 노래였어
각성의 밤, 바람처럼 창으로 스며들어
고독한 날 위로한 건 오직 노래뿐이었거든
무수한 상처와 기억을 견디기 위해
숙명처럼 불러야 하는 자기 치유의 노래 말이야
시는 결핍을 사랑한다지만 난 행복하지 않아
아니 결코 행복하지 않으려고 해
그냥 절망의 끝에서 눈물로 깨우치는 노래면 좋겠어
볕 따스한 겨울 어느 날
담벼락에 기대어 졸던 유년기의 꿈처럼
잠시 스치는
따스한 안식의 노래라면 좋겠어

산 로렌쪼 / "내 일생 최초의, 최대의, 가장 진실한 교육학을 만드는 토대가 되었다."라고 말한 마리아 몬테소리의 교육 방법은 로마의 뒷골목 산 로렌쪼의 낡고 허름한 건물에서 어린이집(Casa Dei Bambini)이란 이름으로 시작되었다. 도시의 빈민 아동을 위한 그녀의 교육실험은 가정과 학교를 건강하게 연결하고, 무너진 사회를 재건하는 커다란 동력이 되었다.

우내리 / 난바다의 너울파도를 일컫는 섬사람들의 방언.

## 모욕

　가난을 모욕하는 건 절대 안 돼
　한 손에 꽃을 들고 또 한 손에 새콤한 샤토오브리옹이나 발
렌타인을 들고 가난하고 힘없는 사람에게 "당신은 왜 가난하
고 힘이 없는 거야?"라고 말하지 마

　만약 당신이 그런 언어를 뱉는 순간 심연의 고독과 싸워온
시인으로부터 신경계가 끊어지는 시어를 선물 받거나 폐허
의 상처로부터 터져 나온 비양거림이 얼마나 섬뜩하고 지독한
건지 목숨 다할 때까지 몸서리치게 될 테니

# 안부

그는 나에게
안부를 전해 달라 했지만
그것이
질척한 대지에 뿌리 내리고 사는
우람한 나무의 평화인지
부대끼며 지탱하고 선
한해살이풀의 결핍과 초라함인지
도무지 알 수가 없어
난 안부를 전하지 않았다

난(蘭)


처마 밑
궁상맞게 쪼그려 살던
저놈이 전위의 깃발 치들고
꽃으로 저항하다니
신비해라!

혁명을 꿈꾸지 않는 건
이미 생명이 아니다

# 겨울 일기

1.

따끈따끈한 전기요 위 부드러운 카시미론 이불 몸에 감고 부랄이 축축하도록 날 밝을 때까지 누워 있거나, 온천장 뒷골목 어느 매춘부 궁둥일 쓰다듬으며 하룻밤 "위하여!" 소리치거나, 느지막이 맞춰둔 알람 소리에 눈 뜨면 자동으로 식탁 위엔 싱싱한 푸성귀와 젓갈이 놓이고, 후각을 찌르는 냄비에선 안식의 김이 모락모락 피어오를 텐데, 당신은 퀴퀴한 어디쯤에선가 얼어 죽지 않으려고 몸부림치고 있겠군요

호사스런 집이야 손 하나 까딱하지 않아도 절로 난방이 되고 절로 먹을 게 나오지만, 따개비 같은 당신의 동네엔 노가다 십장과 대모도, 시다 언니, 그 하얗게 언 손 호호 불며 하나둘 픽픽 쓰러질 때 숙명의 불이 켜집니다

회백색 도시 어느 구석의 차갑고 냄새나는 곳에 누운 당신에겐 송구영신이고 지랄이고 간에 포를 뜨는 추위일 테고, 내일의 노동을 위해 서럽게 누워야 하는 협심증 앓는 풍경일 테지요

고급 바바리코트와 목도리는 명품관에 있고, 주차장마다 반들거리는 승용차 가득하고, 밤마다 자유를 토하는 도시에서 남아도는 자유를 어찌할 줄 모르는 사람들은 시도 때도 없

이 어울려 살자고 말하지만, 굶지 않고 살 만큼의 소유도 허영
인 미로 속 딱지집의 생애 견디며 빛나는 창의로 싸우는 당신,
이 겨울 어디에 계십니까?


2.
96년 만의 추위라는데
국민은행 앞 포장마차 서울댁 해장커피 한 잔에
술꾼들의 500원짜리 동전 주머니에 넣으며
들려주는 아이들 얘기는 피 같은 것이었다


몸 파는 여인들일까
우르르 몰려와 샌드위치 하나씩 들고 사라질 때
아무짝에도 쓸모없는 발톱 자라듯
몸 곳곳에서 스멀스멀 연민이 돋았다


싸구려 시인의 눈과
매일 밤 커피와 샌드위치로 배 채우는
대리운전 기사의 허기와
그 겨울 거리를 밝히는 네온사인이 마주쳤을 때

길에 드러누웠던 절망이 벌떡 일어났다

3.
너저분한 담요 뭉개며 죄인이 누워 있다
영하 십 도의 칼바람 속
실룩대는 표정 헝클어진 머리
켜켜이 고난 걸머지고 누워 있다
신사 숙녀가 앉았던 대기실 의자와
연인들이 자유를 속삭인 벤치
물신의 분수 턱 아무 데나 드러누워
붕대 칭칭 감은 두 손끝 썩어 들어가는
가여운 손가락 꼬무락대며
광장을 장식하는 성탄 십자가 너머
고개 들어 싯멀겋게 웃고 있다
하릴없이 배회하며 연애질에 빠진 젊은이나
영혼이 삭아 선과 악에 무심한
늙은이에겐 악마 같은 표정으로

체제의 불행한 그늘쯤이었던 사람들

이제 보니 그가 누운 곳이 내 자리이고
그가 바로 나였다

# 돌멩이의 서사를 걷어차다

약수터에서 내려오다
돌멩이 하나 힘껏 걷어찼다

그건 몇십 년 동안
속 끓이며 살아온 시간 비웃으며
안식의 웅덩이에 떨어졌고
마음의 빛과 그늘이 만드는 공명
소소한 사유의 부스러기 후드득 흩어졌다

미욱한 인생이
묵상의 옥살이를 얼마나 해야
백만 년도 넘을, 켜켜이 쌓인 풍화작용 후
마침내 오솔길에 나뒹구는 돌멩이의
인고를 깨닫게 될까

간밤에 만져본 아내의 몸
푸석푸석한 감촉, 그
연민의 그늘에 걸터앉아 겨우 건져낸 언어
하얗게 증발하고

지방(紙榜)처럼 확 타고 소멸하는 몸의 서사에
마음 깊이 흔들렸다

일순 벌떡 일어나
이 숲속에서 가장 나이 많을
돌멩이 하나 겨누어 힘껏 걷어찼다

# 혁명

신사회주의 운동을 한다는, 큼직한 금테안경을 쓴 젊은 친
구를 바닷가에서 만났는데, 함부로 입에 담기 버거운 '혁명'을
달고 사는 그는 영문 머리글자의 혁명론에서 온갖 내전과 운
동사, 청산리 봉오동 전투를 거쳐 마오에서 체, 아옌데와 룰라
까지 줄줄 읊었다

그가 쿠바와 체를 얘기할 때 난 갈겨 쓴 주치의 소견서를 떠
올렸고, 중국과 마오를 얘기할 때 누런 임대차계약서를 떠올
렸다

그가 여성해방과 사회주의를 얘기할 때 끼가 넘치는 딸아이
와 난치성고혈압에 시달리는 아내 얼굴을 떠올렸다


나에게 혁명은 버림받은 사람들의 한숨과 눈물로 점철된 형
극의 서사여서 삶의 내밀한 기저부에 '혁명'을 수식하는 자질
구레한 한 마디 한 마디가 툭툭 건드릴 때마다 소름이 돋았다

적어도 '혁명'에 관해 열에 아홉은 칼질하며 살아온 나는 그
리움의 미로를 내달리던 산동네 형제들의 가난을 부둥켜안고
무얼 지키며 살 건지, 몸뚱어리는 어찌 부리며 살 건지, 시인의
언어가 어디쯤에서 약이 되고 독이 되는지 확고하다

똥을 밟고도 숲길 걸을 순 있지만 젊은 그에게 끌려 나와
지천으로 날리는 '혁명'은 도탄에 빠진 내 몸의 무기질을 꿈틀
대게 했다

다시 만나야겠다
20년쯤 뒤 다시 만나야겠다
꼭 살아남아 그의 새끼들
마누라도 벗들도 만나봐야겠다
피고름 줄줄 흘리며 생애의 응급실 오갔을
머릿속 '혁명'의 비명, 그 핵심과 주변을
꼭 다시 만나봐야겠다

그는 내게 1986년 인천사태 때 인민노련의 입장에 섰는지 따지듯 물었다.

# 마음의 집

1.
돈으로 할 수 있는 것들

가벼운 아침
가벼운 재능
가벼운 우정
가벼운 신앙
가벼운 평화
가벼운 사랑
가벼운 이별
가벼운 행복
가벼운 친절
가벼운 분노

2.
돈으로 할 수 없는 것들

무겁고 깊은 믿음
외로운 영혼에 몰입하기

견고한 마음의 집 짓기

3.
마음의 방

애가 타는 그리움의 방
줄의 맨 앞에 서고 싶은 욕망의 방
떠도는 정신 꼭 붙드는 사유의 방
끝내 지키고 싶은 사랑의 방
메마른 노동 일으키는 휴식의 방
상처뿐인 이별의 방
구걸하지 않고 싸우는 저항의 방
창자를 긁는 외로움에 무너지는 고독의 방
불쑥 찾아와도 기쁜 우정의 방

새살 돋는 설렘도 없이
오갈 데 없는 우주의 낭인이 될까
문 활짝 열고
자글자글 끓으며 살아가야지

## 시인은 무너지지 않는다

연민의 바다 가르는
하얀 배의 궤적, 그건 상처였다

반드시 살아
아이들 기다리는 집으로 돌아가겠다는
엄마의 영혼을 발견한 순간
시인은 무너지지 않는다

엄숙과 비열이
눈물의 서사 뒤덮는다 해도
심연의 바다 솟고라지는
핏자국 선연한 사랑과
질긴 결기의 언어가 있는 한
시인은 무너지지 않는다

# 졸음

뺨 꼬집고 허벅질 내려쳐도
무릎 꿇고 마는 식민지의 좌절
복종하는 순간
쟁여진 지성 추락한다

전시상황의 일상을 통제하는
기저부의 희롱은
침잠 혹은 무덤이길 갈구하는
세포들의 짓이다

우두둑 씹는 뻥과자 하나의 각성은
삶을 꼭 닮은
단 몇 초의 우발적 평화, 그리고
이어지는 독살스러운 고문
제발!

# 목욕

아무리 외롭다 해도
행복과 손잡지 않을 터

손이 닿지 않아도
내 등의 때는 내가 민다

# 봄비 오는 날

부슬부슬 내리는 봄비에 말초신경이 끌려 꾸역꾸역 거리로
나온 우산들, 충동조절장애에 시달리며 비만 오면 맥줏집 문
앞에서 커피숍 앞에서 공연히 뼈와 살을 툭툭 비비며 하룻밤
씹할 생각에 형형색색 군침 질질 흘릴 때, 그들을 헤집으며 살
몇 개 부러진 낡은 우산 하나 집으로 가는 버스 향해 달린다

전설이 된 혁명가 Che를 흠모하는 사람이 아무리 많아도
그 이유로 혁명이 일어나지 않는 것처럼, 비 그치면 먹구름 너
머 햇살 퍼부을 걸 믿으며 대나무처럼 한 마디 한 마디 제 몸
굳히는 사람들이 곁순 낼 준비로 분주한, 꿈꾸는 우산의 아랫
도리는 결코 봄비 따위에 끌려 길에 남거나 엄벙덤벙 지퍼 내
리지 않는다

# Che 소고

사랑하는가
바르르 떨며 사랑하는가
칼날이 목을 저며도
두 눈 부릅뜨고 지킬 만큼 사랑하는가

자유로운가
궁상맞은 앞집 옆집 사람들
겨울 나는 숨소리가 평화롭고 자유로운가
강아지도 숨 가쁘면 나가자는데
치렁치렁한 물신의 굴레 언제 벗어던질 텐가

믿는가
풀과 나무가 평등함을 믿는가
그것들이 제자리에서 빛난다는 걸 믿는가
찔레는 찔레의 자리에서
떨기나무는 떨기나무의 자리에서

우는가
애간장 태우던 가슴, 터진 불덩이

심장이 뿜는 피 사지(四肢) 끝 실핏줄까지
거역하지 않고 흘려보내며
마침내 뜨거워 우는가

기도하는가
모두 하늘 향해 구원 외칠 때 첫새벽
입술 바닥에 대고 진실로 갈구하는가
고난의 대지에 몸을 박고
돌이 되어 기도하는가

진정 사랑한다면
생명과 해방을 원한다면
눈물로 실낱의 희망을 기도한다면
광포한 물신에 저항하라
배신의 지식과 사상을 불사르라
지배의 미학과 찬탄의 줄기를 쳐라
그리고
억압하는 모든 것에 저항하라!

# 사월이 떠나는 날

사월이 떠나는 날
호수 옆 평상에 앉아
벌건 노을 끌어다 옆에 앉히고
푸념하며 한 잔 들이켠다

헤쳐진 북어처럼 멀뚱멀뚱한
얼굴들, 쉿!
묵언의 충동
밤 이슥해지면 인간을 도륙하고
게워 낸 충동이 썩어 시큼하다

사월이 떠나는 날
섬뜩한 고독에 어디론가 가는
목덜미들이 하얗다

## 고인돌 앞에서


산과 시내 내달리며 짐승 잡던 사내들
늙은 제사장이 죽었을 때 슬피 울었을 것이다
절대 존경으로 신과 인간의 경계를 지켰을
그가 누운 석실 위
원시의 노동으로 거대한 바위 얹을 때
생산과 분배의 정신이 타락하지 않도록
영원히 공동체를 지켜줄 거라 부른
영웅의 노래가 있었을 것이다

# 비가 오면 숭어가 뛴다

비가 오면 숭어가 뛴다
빗물에 떠내려온 고양이 사체와
치명적인 중금속이 놈들에겐 히로뽕일 터
한가로이 아이스크림 핥으며 웃는 바다
저 만조 수위 아래 허장성세의 배수구로
소비가 미덕인 자들이 내뿜는 똥물에 숭어가 뛴다
질겅질겅 오징어 씹으며 교각의 불빛 찬탄하는 눈이
차가운 도시락에 한 잔 걸치고 대들보 타던
노동자의 목숨 건 생산물임을 알까
자신의 작품 세계를 누리지 못하는
삼인칭 작가의 불구가 된 허기와 만나면
바다도 바람도 지긋지긋할 수 있다

비가 오면 숭어가 뛴다
얽매이기 싫은 자 바다가 자유라지만
모텔 방마다 켜진 불빛과 새어나오는 신음소리
발끝만 보는 즉물의 문화는 발효를 계속하고
무덤을 향해 소리 없이 삼투하는 욕망의 비명이
백사장에 낭자하다

폭죽 터트리며 달리는 저 철부지들이 자라
후줄그레한 바다에 아랫도리 시큰거릴 때쯤
떠다니는 생리대 위로 날뛰는 숭어 떼를
분노의 눈으로 보게 될 것이다
방파제 구석마다 풍기는 지린내와 배설물이
체제의 임계점을 알리는 신호임을

비가 오면 숭어가 뛴다
레스토랑과 백화점이 놀이터인 자들의 하수구에서
만조 수위 아래 쏟아져 나오는 똥물 위로

# 자살

외로움 때문이었을까
외딴 집에서 밤새 버둥거리다
이른 새벽에야 막걸리 한 되에
치사량 백 배의 파라치온 휘휘 저어
사발들이한 뒤 그는
창자를 태우며 죽음을 맞았다
사랑도 우정도, 실낱의 통로도 차폐한 채
명료하게 사적 종말을 실행한 것이다

쩨쩨하게 수다 떨며 걸핏하면 뒤통수치는
허구에 찬 이기와 기만보다
목숨 건 정직함, 그 첨탑의 사상에
삼가 경외를 바친다

# 애착

신열에 들뜬 적 없는
부초 같은 손님의 인생에
올곧은 애착이 있을까

어디에서고 입장료만큼
불평할 권리가 있다 말하지 마
권력이 아닌 것은
내버려두면 절로 평화로워져

만고(萬苦)를 비추는 햇빛은
썩은 건 말리고
산 건 반드시 일으키거든

# 끝물의 비애

다섯 시
쓸쓸한 침실
다시 살아 일어나
상념의 아침 가라앉히기
발기부전에 시달리는, 쇠잔한
사타구니와 손이 닿지 않는 등 씻기
비좁은 화분에서 새잎 내는 생명에 속삭이기
눈 부라리며 퍼지는 물처럼 흔들리는 사유 포집하기
하루를 뻗대는 총망(悤忙)한 일상에 무심하기
길에 나뒹구는 돌멩이 나이 억, 천만 년
그 무량억겁 앞에 고요히 겸손하기
무수한 전쟁에서 패해 울거나
나락에 떨어진 슬픔으로
배회하는 영혼에
언어의 번제
바치기

하지만
결국 나는 끝물이다

# 실수

움켜쥐어도 물처럼 빠져나가는
치유불능의 기억들

실수는 선연히 살아 있으니
빌고 용서하며
해구(海溝)의 압력 견디는 각성으로
겨우 한 줌 평화를 얻는다

바보 같으니!
마지막 한 칸을 오르지 못해
이리 쩔쩔매다니

## 시인은 아무것도 아니다


어느 날 고속도로를 달리다
복잡한 기계를 실은 트럭 꽁무니를 따르며
하릴없이 민망해져 담배 한 대 꺼내 물었다
보나 마나 그건 세상을 이롭게 하는 물건일 터
밤잠 설치는 계산과 연구, 어디에선가
쇳가루 묻은 눈물 흘리며
아이들 옷을 사기 위해
학교 보내기 위해
아픈 아내에게 트라마돌을 주기 위해
필사적으로 매달린 노동이 있었을 것이다

그건 누군가의
삶을 바꾸는 기계가 될 테지만
배불리 먹고 떠들고 마시는 일도 하지 못하는
자책 중독과 심인성 분열, 그리고
언어의 응축 서사란 수렁에 빠진 시인은
통한의 사유와 넝마의 삶 휘감는, 버려진 것들에 대한
세립(細粒)의 경외를 실천하는 일 말고는
생산하는 게 아무것도 없다

그래서 시인은 아무것도 아니다
아무것도 아니므로 그저
쟁여진 사념으로 혼절할 글이나 쓰며
풀처럼 누웠다 일어서다
바람에 고개 쳐들고 때론 쥐어짜다
몇 사람의 통곡 속에 죽어갈 것이다

# 김치통

누나가 준 김치 통 뚜껑을 여는 순간
벌건 디엔에이가 쿨럭이며 뛰쳐나왔다

거역할 수 없는, 거룩한
치맛자락으로 내 콧물 훔치던
까마득한 기억과 함께

# 각성

고구마 줄거지를 벗긴다
끓는 물에 데친다
깨소금과 간장을 넣는다
접시에 담아 몇 젓가락 먹는다

그리고 쓰레기 한 봉지
기막히게 정연한 인생의 순서

4 부

## 똥차

차에 물난리가 났다
이십 년 넘게 같이 살더니
날 닮은 놈 귀여워 죽겠다

비에 햇빛에
체제의 똥구멍이 내뿜는 그을음에
모가지 들이대며 버티는 꼴이란

요놈이 우는데
좀 삐걱거린다고 어찌 버리랴
으하하하

# 잡것들

언어로는 성이 안 풀리는
잡것들, 구석구석 갈바래질 하여
초록의 떨림만 두고
남김없이 쓸어버려야지

오사리잡놈들이 무슨
애국가를 사 절씩이나 부르냐
그리 지루하게
나라를 사랑한단 말이냐

# 납골당에서

솜사탕 번데기 봉지 들고 폴짝폴짝 뛰는 아이는 소풍 온 표정이었는데, 눈시울 벌건 젊은 아버지의 혼백 쓰다듬는 손이 파르르 떨었다

막막한 대양 떠돌며 아이 하나 보듬고 폭풍을 지나왔을 무수한 밤의 기도와 눈물을 생각하니 폐부로부터 사해(四海)의 연민이 따끔따끔 피어올랐다

서툰 글씨의 지방(紙榜) 앞에 엎드린 스산한 등, 짐작할 수 없는 생애의 얼룩은 이별이 얼마나 깊은 슬픔인지 말하고 있었다

죽음이 있으니 애오라지 숙명의 그리움도 있을 테지

아, 어디에고 묶이지 않은
그늘 없는 이는 사랑하지 않으리

# 신생 독립의 꿈

보르네오의 브루나이처럼
스페인 프랑스 국경의 안도라처럼
내 사는 공화국이
태백산맥 어느 계곡 사이
동네 개울까지 거슬러 오른 연어가
백성들 가슴마다 산란하는
초록빛 작은 마을이면 좋겠다

공화국의 온 백성이 술 마시고
춤추고 노래하고 싸우며 뽀뽀한 나라
눈에 밟히는 사람 있어도
사립문 열고 나가면 언제든 볼 수 있으니
대양을 떠돌다 돌아온 연어처럼
심오한 그리움도 없을 테고
억울하면 달려가 치고받다
동네 부끄러워 사뭇 훌쩍여도 아늑한
그런 나라의 국민이 되고 싶다

모든 도시와 어촌 산촌이

거인설화가 판치는 식민주의로부터
반 생명의 시장으로부터 분리 독립하여
동사무소 같은 왕궁엔
늙은 왕과 허리 굽은 노인들이 풀을 뽑고
자애와 평화의 얼굴로
아무나 상추와 옥수수를 따 먹는
그런 나라에서 살고 싶다

거문도 민주주의바다공화국
태백산 신단수천제국
빛고을 평화만민공화국
춘천 민주주의호수공화국
강화 마니산단군왕국
서귀포 천지연사회주의인민공화국
이 얼마나 좋으냐

# 그리움

1.
붉은 단풍 어지러운 날
그건 그리움의 빛깔이었다

내게 남은 순정이
이리 뜨거울 줄이야

종일 수백 번도 더
심장을 때리는
날 부르는 그대 목소리

거뭇거뭇 손때 묻은 시집
어느 행간에 멈추어
머리 파묻고 펑펑 울고 싶다

아, 죽어도
그대 품에서 죽고 싶다

2.
수억 년 파도와 싸우며
뭍 향한 그리움으로
애 터지는 섬처럼
보고 싶어
손끝이라도 닿아
그대 숨결 느끼고 싶다

오늘 밤
고독의 형벌만이
널브러진 머리맡에 와 흔들고
사무치는 정한 삭이며
홀로 자리에 눕는다

혹여 한량없는 기억에
밤새 울더라도
그대는 깊이 잠들기를

# 감사의 기도

1.
저만치 겨울 서성이던 날
기침과 고열이 왔습니다

남지(南枝) 끝 아련한 추억마저
당신의 가녀린 빛에 녹아
으스러질 듯한 몸뚱어리조차
얼마나 감사한지요

혼미한 저녁 내내
엎드려 바닥에 입 맞춥니다

2.
이른 아침
길섶의 초록빛 신비 들이켜며
걸을 수 있어 감사합니다

겸허를 향해 내딛는
묵상의 시간

질척하게 스미는 순결
무명의 헌신과 신열에 들뜬
삼라만상이 감사합니다

그러니
온전히 뜻대로 하소서

3.
비바람에
슬픔 다 뜯겨나가고
오롯이 이 밤 견딥니다

겨우 종지만큼 주시는 평화
슬픔을 새살로 채우는 묵언, 그
켜켜이 쌓인 상처 위로
고요히 눈물 한 방울 번집니다

몸을 견디지 못하게 하는
극한의 진동 값만큼

내밀한 떨림에 무릎 꿇습니다

지난 세월
촘촘히 직조된 사랑
한 올
한 올의 비애조차 감사하며
기도로 다가섭니다

4.
허허로운 관조를 배웁니다
나눔과 용서와 믿음을
영감으로
내 안에 가두는 걸 배웁니다
겨울을 견디는 꽁꽁 언 호수의
단단한 서슬을 배웁니다
영혼에 피가 돌도록
깨우침의 행간을 밝히는
빛을 배웁니다
가난한 언어를 배웁니다

172

5.
내가 교만하거나
혹시 다른 쪽으로 난
길을 바라볼 때
그 길 위에서
흙먼지 마시며 기다리실
임을 향해 경배합니다
걷는 일이 바람 같은 것임을
깨우치게 하소서

# 고자질

오늘 당신의 허물을 고자질했어
자글자글 끓는 떨림에
가만히 있을 수 없었거든

당신을 걱정하는지 날 걱정하는지
툭툭 던지는 말 들을 때마다
내 마음에 이는 파문도 일러바쳤어

혼자 있고 싶어 갔던 호숫가
산 그림자에까지 따라와
지통한 세월 미안하다며 웃는, 눈시울
건드리는 한숨도 다 일러바쳤어

수면에 드리운 기억과
연민의 산등성이 휘감는 바람에
훌쩍이다 돌아오는 귀갓길의 쓸쓸함도
하나님께 다 일러바쳤어

## 야만의 겨울

어느 겨울 배신자의 밀고로
전봉준 김개남이 목 잘리고
백이십 년 후
천 원짜리 길커피 팔아 애들 밑구멍 닦던
서울댁도 겨울 거리에 쓰러졌다

노상 야만과 손잡는 겨울에
춥다는 이유로 이기는 꿈 접으면
내 아들딸 손주도
겨울엔 쓰러지고 말 것이다

생애의 아랫목에 누운 놈들이
잉여를 소비하는 계절
가난의 설움에 촉수 뻗은 시인에겐
곱은 언어가 우는
겨울이야말로
모든 야만을 향해 꽃을 던질 때
전면전의 사발통문을 날릴 때

# 비 내리는 밤

적막한 침실
귓전에 빗방울이 떨어진다
한 방울
한 방울

가두는 틀에 제 몸 순순히 맡기는 겸손을
물의 덕(德)이라 하고
미세한 틈 기어코 새어 나오는 신랄함이
물의 힘이라는데
똑
똑
똑

온몸의 세포 시퍼렇게
한 방울
한 방울
각성의 창을 두드린다

천 리 밖에서 굶는 형제들

울부짖는 소리
똑
똑
똑

그 비애의 결기가
불면의 귓바퀴에 새하얗게 구른다



대한문 단식농성장 다녀온 날, 아내와 딸은 병원에 있고 막둥이는 친구네에
갔다. 뎅그렇게 남아 졸던 밤, 창을 두드리는 빗방울 소리가 비명 같았다.

# 난 섬이 되었다


꿈결 같은 밤
텐트를 뒤흔드는 물보라, 지척에 내리꽂는
천둥 번개와 폭우에 화들짝 눈을 떴다
귀신에 홀려 다닌 생애, 드디어
바다와 하늘이 신의 섭리와 공명(共鳴)하는
목숨 건 제전(祭典)이 시작되었다
거문도 쪽 물길만 열린 금오열도 한복판
한 점 좌표, 백 평 남짓의 검등여를 타고 넘는
광포한 아가리의 떫은 혀가 날 핥으며
쿠르르릉 빠져나갈 때 소스라쳤다
절망의 구렁 끓어오르는 바다가
나더러 한 번 살아남아 보라고 외쳤다
지나는 배 한 척 없어 기색혼절(氣塞昏絕)하고
오감이 무너지자 지옥문이 열렸다
결국 뒤집히는구나!
퍼붓는 비 천지를 덮으니 눈을 뜰 수 없었다
날아간 코펠이 수면 아래 가라앉을 때
천둥 번개가 뒤통수를 때렸다
우르릉쾅쾅

우르릉쾅쾅
질겁하여 옷을 하나씩 벗자
바다는 알몸을 타고 흘러내렸다
소리도 안도 부도 알마섬 세상여 금오도
아무것도 보이지 않음을 깨달았을 때 차라리
이대로 생을 끝내도 좋겠다 싶었다
자일을 채운 뒤 이를 악물고 직벽에 서서
늘어진 지렁이 한 마리 꿰어 던졌다
우르릉쾅쾅
우르릉쾅쾅
귀신골창에 벼락이 떨어지는 찰나
울부짖던 아가리가 다시 훅 덮쳤다
고막이 갈라지며 우지지직
귀신의 가래침이 오그라든 자지를 훑어 내렸다
벼락 맞아 죽거나 머나먼 바다로 쓸려 나가
고기밥이 되어도 아쉬울 것 없었다
비장하니 되었다
마침내 난 섬이 되었다
날아갈 것만 같았다

생애를 긁어댄 삶과 투쟁도 이러하리라
퍼붓는 비, 수면의 파랑 위
유랑하는 고등어 떼의 무수한 대가리처럼
문득 치든
아득한 사랑의 기억
하나하나에 울며
난 광분하여 꼬꾸라졌다

금오열도 / 여수 남단의 안도, 부도, 개도, 금오도, 알마섬, 소리도 등.
검등여 / 전남 여수시 소리도 북서쪽의 작은 간출암.
엿등 / 뱃사람 말로 파도가 일면 타고 넘는 야트막한 간출암.
귀신골창 / 날궂이 때 귀신이 출몰한다는, 검등여 맞은편 깊이 파인 갯바위.

# 두통

구치소 앞 삼거리를 지나다 택시 기다리는 술 취한 노인을
차에 태웠는데, 5년 만에 출소한다는 그는 타자마자 온산까지
태워주지 않으면 내 멱을 따버리겠다고 했다

무릎 위 검정 가방 지퍼를 열고 스윽 손 넣을 때 깜짝 놀라
그의 차가운 손 감싸 쥐며 올려다본 늙은 눈에서 무덤 같은
고독을 보았다

처음 보는 나에게 누군지 모를 두 연놈 반드시 죽이고 말 거
라 맹세하는 그 눈빛은 애처롭다 못해 섬뜩했다

세상의 중력 이기지 못해 낯살 찌푸리던 노인은 덕신마을
육교 아래에 내리더니 내 손 이끌며 물회 안주에 소주 한잔 하
자고 할 때 어깃장 놓는 그 궁상맞은 몸에서 어슴푸레 상엿소
리가 났다

격리벽에 갇힌 그를 버린 이기와 배신, 피고름 줄줄 흐르는
세념(世念)의 편린과 극심한 두통이 날 덮쳤다

# 뉘를 고르며

몇 번 씻은 쌀과 현미
체 흔들며 뉘 고르니
왜그르르

졸망한 노림수
곰삭은 노추(老醜)
망명과 귀순도 다 빠졌다

체에는 쟁여진 믿음과
죽어야 자릴 옮기는 나무의
누르고 산 결기만 남았다

# 아내

놈들에게 끌려갈 때
날 찾아 길길이 뛰며 미쳤던
아내를 두고 혼자 맛난 것 먹고
벗들과 술잔 기울이며
천 개의 섬에 천 번 감탄하는 동안
천 배의 고독 견디었을
아내에게 부끄러워
등 주무르며 몰래 운다

# 실업자 김 씨에 대한 보고서

실업자 김 씨가
송도 방파제에서 낚싯대 휘두를 때
그를 향한 네 개의 시선

1. 불쌍하고 박약한 놈
왜 개미처럼 몸을 달구지 못하는가
보름달이 밝은 줄 몰랐더냐
한 번이라도 무쇠처럼 끓어 보았더냐
꽃도 제힘으로 피거늘 벌건 대낮에 낚시질이 뭐냐
뼈 빠지게 일해 새끼들 먹여 살려 본 적 있어
좇은 제때 꼴리며 뒤돌아볼 모가지는 성하냐

2. 삶에 무비(無備)한 룸펜 프롤레타리아
허구한 날 이곳저곳 기웃거리다
짧게는 열흘 길게는 몇 달
하릴없이 게바라다니던 네놈 아니더냐
다들 밥술 챙기고 일하려고 살고
눈 뜨기 위해 자는 걸,
잠자리야 좀 외로운들 어쩌랴

내일 입을 옷가지와 연장
최소의 교환을 위해 지폐 한 장쯤 상비해
생목숨 버리는 짓은 그만두어야지

3. 선택이 아닌 체제
한 번도 뜨듯한 손 내민 적 없는 작자들이
김 씨를 단죄하는 건 주제넘은 짓이지
누구도 그에게 같이 살자 말한 적 없으니
잠자리에 드리운 숙명을 슬퍼하거나
숙제 안 한 아이처럼 안절부절못할 필요는 없어
양식을 쌓아두고 사는 자들의 동정이나
자선입네 희생입네 하는 언어가
힘없고 굶주린 자에겐 죄악일 수 있거든

4. 사상에 대한 궁금증
자유주의자는 당장 배를 곯아도
소소한 충동이나 욕망에서 벗어날 수 있다고?
자유로운 만큼 아름다울 수 있다고?
관조하는 인생의 표표한 세계라고?

썩을, 향수 냄새 풍기지 마라
그가 골수 반자본주의자이거나
겁탈의 문화에 군말 없이 동의하는 하층민인지
어떤 사상과도 결합한 적 없는
애잔한 낭인인지 거죽만으론 알 수 없다

상기 보고서를 보는 시인의 시선

사람을 볼 때엔 삶의 심연에 닿아야 해
누군가 온몸으로 이룬 우주를 재단하는 건
죄질 나쁜 범죄일 수 있거든
저 나무가 몇 살까지 살다 스러질지 모르잖는가
그저 가만히 바라보자고, 이상!

# 섭리

얼마나 아파야
이 지독한 풀무질 끝날까

상처가 덧나도 순명하는 게
미욱한 삶의 풍진
들이켜야 하는 섭리인가

## 故 임윤택 군에게 보내는 편지

사랑하는 윤택 군
자네를 본 게 겨우 1년이네
10년 넘도록 뒷골목 비보잉으로 무릎 뒤틀리고
가난한 무대에서 성대 터지도록 춤추고 노래해 온,
그 순결한 영혼 발견한 게 고작 1년이야
별의 발자취를 헤아리기엔 너무 짧은 시간이지
윤택 군, 그래서 눈물이 나
빠진 머리카락이 무대에 날리고
고기 한 점 삼킬 수 없는 말기 항암의 고통 견디며
핏빛 목소리로 불렀던 자네의 서쪽 하늘
다시는 부를 수 없을 것 같아
그 웅혼한 투쟁을 만난 지 1년 만에
머나먼 세상으로 가버리다니
물신에 조아리는 양아치들은 뼛속까지 비굴했지
가짜라 조롱했던 그 많은 속물은 어찌
딴따라의 춤과 노래가 사람을 일으키는지 모를 거야
엎디어 살아본 자만이 왜 그토록
하늘을 노래하며 웃었는지, 곧 질 것을 아는
노을의 불타는 깡다구였는지 알 거야

사랑하는 윤택 군

칙칙한 자폐의 시대, 끝이 안 보이는 우울증과

비굴하고 심약한 영혼을 달구기 위해

쉼 없이 부는 바람 같았던

자네의 춤과 노래는

삶과 투쟁은

어떤 교훈보다 위대한 것이었어

서른셋, 참 짧기도 하지

하지만 윤택 군

뜨거웠다는 것만으로도 됐어

삶은 굳이 길지 않아도 되거든

음악은 세속의 시간을 초월하는 법이니까

슈베르트도

지미 헨드릭스도

김광석도 여태 살아 있잖아

윤택 군, 먼 길 떠나기에 아팠지?

사랑하는 아내와 갓난아기 두고

함께 뒷골목에서 춤추고 노래하던

피 같은 동생들 두고 가기에 많이 아팠지?

윤택 표 희망에 환호하던 이들을 두고
떠나기에 많이 아팠지?
사랑하는 윤택 군
다 내려놓고 편히 쉬게
평화의 세계에서 푹 쉬게
그리고 윤택 군, 그곳에선 아프지 마
자네가 흩뿌려놓은 희망으로
자넬 기억하는 사람들 잘 견디며 살 거야
사랑하네, 윤택 군
오래도록 그리울 거야
훗날 만나면 꼭 안아줄게
안녕

임윤택 / 1980년에 태어나 뛰어난 춤꾼으로 활동하며 33세에 위암으로 세
상을 떠난 보컬그룹 울랄라세션의 리더. 위암 말기의 고통을 견디며 오디션
프로그램 〈슈퍼스타K〉에서 우승하였고, 불굴의 의지를 기록한 에세이 「안
된다고 하지 말고 아니라고 하지 말고」를 출간함.

## 사는 법

민중이 힘들 때
취해 딸꾹질하는 공복이 없어야 하고
아이가 힘들 때 말 한마디 가려 하며
어머니와 그 어머니의 어머니
하늘과 별의 전설
백 년 넘은 우물의 이야기를 전하는
스승이 있어야 한다

쓰러진 나뭇등걸에 새순 기다리며
악착같은 믿음에 머릴 담근 사람은
맛난 것 먹고 냄새 풍기거나
쓸데없이 웃고 다니지 않으며
활짝 핀 꽃이 반드시 지는 걸 알므로
자잘한 행복과 자선 입에 담지 않아

# 사순절 다섯 번째 주일에

그는 성문 밖으로
한 걸음 한 걸음 걸어 나왔다

그는 집체(集體)의 본영을 나와
주류 철학이 버린
쓰레기의 우주를 향했다

골고다 언덕길은
버려진 자들의
눈물의 세계였다

## 체육 시간

"지금 너희는 누구의 것이냐?"
그는 운동장에서 아이들에게 외쳤다
"부모님의 것입니다."
"나의 것입니다."
"우리 가족의 것입니다."
똘망똘망 대답하는 아이들에게
너희는 지금 내 것이라 소릴 질렀고
난데없이 유린당한 붓꽃 같은 아이들
분통 터져 울었다
첫 시간부터 재수 없이
배시시 웃고 선 도둑놈 탓에 골난 아이들
화단 돌부리 툭툭 차며 중얼거릴 때
동네 먹구름 죄다 몰려와 오줌 쏴아 갈겼다

"내가 네 거면 넌 개새끼다!"
젖은 머리 털며 달리던 한 아이가 일갈했다

우정


늙으나 젊으나
해닥거리는
사내들의 허영과 거짓
서슬 퍼런 탐욕의 언어

우정이란
두고두고 갚아야 할
가슴의 구들돌
그 뜨듯함이거늘

## 가을 인사

광막한 그리움 쫓으며
오늘 하루
평화로이 산 걸 뉘우칩니다

별 하나의 위로도 없는 밤
하얗게 서성이다 쓰러지면
무심한 세상이 어깨 툭툭 치며
가을 인사 할까 두렵습니다

"견딜 만하십니까?"
"밤참 먹은 속은 편하십니까?"
"깊이 주무셨습니까?"
"행복하십니까?"라고 묻지 마시길
죽지 못해 사는 건 아니니까요

# 웃기지 마라

아버지뻘인 노동자에게 새파란 용역 놈이 개새끼라 부르는
공장에서 쫓겨나 우유 배달과 김밥 팔아 밥술 꾸리며 싸워야
하는 곳에서 인권, 웃기지 마라

비명으로 시작한 파업에 달랑 해고통지서 한 장으로 일가족
밥줄 끊고도 배시시 쪼개는 저 반 인간의 낯짝과 탄원서 쪼가
리 속 무수한 이름으로 맞짱뜨는 곳에서 자유, 웃기지 마라


더는 물러설 곳 없는 사람들이
크레인에 오른다
종탑에 오른다
십오만 볼트 철탑에 오른다
광고탑에 오른다


새살 돋는 심연의 상처 찌르지 마라
가려워도 손이 닿지 않는
불가항력의 등짝 비수로 찌르지 마라
먹고 사는 일로 야비하게 굴지 마라


견디다

견디다
죽을 각오로
체제의 스위치를 내릴지 모른다고
이 개새끼들아

복직 판결이 나도, 해고사유가 부당하다 판결이 나도 자본은 꿈쩍하지 않
는다. 2014년 2월 25일 민주노총 국민총파업의 날에.

# 병

요놈들이 같이 살자 하네
명줄 지그시 누르면
미련 없이 죽어 지나온 세월이
귀꿈맞아 한 수 접어주면
감사히 엎디어 살게

허락 없이 툭툭 터지는 저승꽃
주름살 골골이 앉은 회한에
밤새 사지(死地) 걷다 깨어
칼칼한 숨 내쉬는 게
네 보기엔 얼마나 처량할까만
가자 하면 순순히 따라갈 테니
고요한 숲길로
아픔 없이 가자꾸나

# 모든 불안함의 연대

우레 속 진군하던 영웅은 전리품에 육화되어 승리를 위해
선 명예도 팽개치며 애잔한 목숨 대놓고 무능하다거나 눈물
의 밤 버텨온 스산함을 조롱하며 수확체감의 법칙을 깨기 위
해 전장에 몸을 던진다

생명의 뿌리가 어디서 시작하는지도 모르며 초록빛 이파리
의 의지와 숙명, 그 가난처럼 소소한 것들이 내뿜는 정결함에
경배할 줄도 모른다

포식자의 정점에 선 그들은 먹이사슬을 오르내리며 세립(細
粒)의 기쁨과 슬픔도 모르는 족속이 되어, 과연 한 번이라도
사랑해보았을까 싶구나

산 자와 죽은 자 앞에 이름 석 자 갈겨쓴 하얀 돈 봉투를 던
지는데 익숙한 놈들이어서 무시로 중앙과 토호(土豪)의 회색
담 그늘에 동의하며 한가로이 노닐다 걸핏하면 제풀에 늪이
되어 목숨을 놓고 돈 장난을 친다

자본과 권력의 물고문
자본과 권력의 전기고문이라 적힌
월급봉투를 받아 본 적 있다면

모든 월급봉투의 눈물에 연대하라!

행복하고 안전한 것에 대한
모든 불안함의
광대무변한 연대를 실천하라!

# 그가 가는 길 함께

김홍춘(시인)


비바람 거센, 흔들리는 창가에 앉아 그의 시를 읽으며 밤을 밝혔다. 세상의 뿌리가 흔들리니 사람이 사람답게 살자는 목소리가 외면당하고, 소중한 생명이 돈과 이윤 앞에 힘없이 꺼져가고 조롱당하는 현실이 그의 시가 그려지는 캔버스이고 무대이다.

읽는 내내 한결같은 그림자를 보았다. 그의 심장의 울음소리가 그림자처럼 깔려 도무지 내 가슴을 떠나질 않는다. 한 번도 만난 적 없지만 마치 오래도록 정을 나눈 친구 같은 느낌인 건 그동안 그의 시를 접하며 생겨난 공감 때문일 터, 어디선가 일터에서 쫓겨난 이들이 모여 웅성이면 그는 시 한 편 들고 나타나 우렁찬 목소리로 선동을 한다. 자본과 권력의 횡포에 삶의 터전을 잃은 가난한 사람들 곁엔 그렇게 그가 있었다.


세상의 모든 투쟁사가 왜 슬픈지 아는가
차가운 땅에 주둥이 처박고

한 번만 살려달라고 몸부림쳐본 자만이
혹한의 삭풍 견딘 자만이 대오 속에서 결단하지
　-「조까라마이싱」 중에서


　자신이 차가운 땅에 주둥이 처박고 몸부림쳐본 사람이고,
대오 속에서 결단하는 자이기 때문일까, 그의 시는 어떤 시보
다 생생하고 절실하다. 뛰는 가슴과 달리 현실의 벽이 너무 높
아 지칠 만도 하건만, 만연한 개인주의에 움직이지 않는 사람
들을 한방에 싸구려 봉제인형으로 만들어버리는 패기가 있어
그의 사상은 지치지 않고 매일 되살아나고 있는 것이라는 생
각이 든다.


　힐끗 째려보며 걷던 사람들
　그냥 지금처럼 살자는 표정 하나하나가
　내 눈에
　내 목에
　피도 눈물도 없이 박히니
　울대가 깔깔하고 따끔거렸다


　적응장애에 시달리던 밤이 지나
　겨우 이점 육 프로의 모래알이
　허공을 날다 녹았음을 알고
　다들 사는 게 행복한가 싶었는데


202

아무리 생각해도 그게 뭔 행복인가 싶어
이 길 위의 사람들 모조리
싸구려 봉제 인형 같았다
  －「연설」중에서


  슬픔의 무게에 눈물이 흐르고, 때론 격한 분노로 숨을 몰아
쉬게 되는 시에 이토록 진한 공감을 느끼는 이유는 바로 낮은
곳의 목소리를 들으려 한 세월, 내 이웃의 고통을 함께 느끼고
그들과 부대끼며 울고 웃었던 나날이 녹아 있기 때문이다.


  사십 수년 전 고향 산동네에서 용역과 싸우다 손목 날아간 남
씨 아재도 칠십 노인이 되어 "나라와 싸워봐야 본전도 못 찾아."
하며 자조의 보따릴 쌌을 테고 태용이도 미숙이 누나도 뻗대다
그리 쫓겨났을 것이다
  그 아득한 고향 떠나온 내 형제 새끼들 아우성이 가슴팍에 스
미자 하염없이 눈물 흐른다
  －「살던 곳에서 내쫓지 마라」중에서


  재개발이란 이름으로 자행되는 토건족의 폭력에 저항하는
날선 시어와 거침없는 목소리 뒤편에 덩치 큰 사내가 뜨거운
눈물 훔치는 모습이 보여 마음이 저리다.


  놈들에게 끌려갈 때

날 찾아 길길이 뛰며 미쳤던
아내를 두고 혼자 맛난 것 먹고
벗들과 술잔 기울이며
천 개의 섬에 천 번 감탄하는 동안
천 배의 고독 견디었을
아내에게 부끄러워
등 주무르며 몰래 운다
　　－「아내」 전문


　가족을 비롯해 주변의 소소한 것들을 사랑하고 살뜰히 살
피는 섬세한 감성을 시집의 구석구석에서 엿볼 수 있다. 이와
같은 시를 지어낼 수 있는 그는 모순덩어리인 이 사회가, 이
체제가 그의 삶을 덮치지만 않았더라면 아마도 이웃들과 잘
어울리며 참 순박하게 살지 않았을까.


나의 시는 노래였어
각성의 밤, 바람처럼 창으로 스며들어
고독한 날 위로한 건 오직 노래뿐이었거든
무수한 상처와 기억을 견디기 위해
숙명처럼 불러야 하는 자기 치유의 노래 말이야
시는 결핍을 사랑한다지만 난 행복하지 않아
아니 결코 행복하지 않으려고 해
그냥 절망의 끝에서 눈물로 깨우치는 노래면 좋겠어

볕 따스한 겨울 어느 날
담벼락에 기대어 졸던 유년기의 꿈처럼
잠시 스치는
따스한 안식의 노래라면 좋겠어
　-「나의 時는」 중에서


　행복을 스스로 거부하고 절망의 가지 끝에 매달려 반짝이
는 눈물이 되려 한다는 마지막 연을 읽다가 시인의 겸허함에
도무지 시에서 눈을 떼지 못하였다. 그의 삶을 시 한 편에 다
녹여낸 서사시의 형식을 지닌 이 시에서 그는 생애의 궤적을
숨김없이 다 드러내고 있다. 현란하고 복잡한 시어가 아니라
일상의 모습을 온전히 드러내는 언어의 힘이 놀라우며, 많은
시편 곳곳에 숨겨진 그의 눈물은 아름답기까지 하다.
　그는 지금도 힘없고 소외된 이들과 함께 거리에 앉아 울고
있을 것이다. 가진 게 없어 살던 곳에서 쫓겨나고 가진 게 없
어 억압받는 사람이 있으면 맨발로 한달음에 현장에 달려가
는 그의 눈물과 같은 곳을 바라보는 동지가 된 나는 행복한
사람이다.

# 체화한 고난, 서슬 퍼런 이야기

강재일(전 건국대 철학교양학부 교수)


봄볕 고른 어느 날. 시인을 만났다. 그는 따가운 햇살을 피하려고 쳐놓은 차양을 벗어나 디오게네스의 땀 냄새가 배어 있는 볕을 찾아 나섰다. 가난한 시인, 악착같이 살았음에도 늘 궁색했기에 햇살 한 줌이라도 챙기고 싶었을지 모른다.

그 가난에는 이유가 있다. 시인이 선 자리, 거기는 언제나 체제의 반대편이었다. 부도덕하고 부조리하고 불건전하면서도 동시에 빠르고 편리해서 더 불행한, 어쩌면 지나치게 정이 많고 신경선이 세밀한 시인이기 때문일지도 모른다. 그는 부자도 싫어하지만, 거짓을 매우 싫어한다. 아니 아예 모른다고 하는 게 맞을 것이다. 오랜 시간 고난을 체화하면서 일상에서 자신을 통제하는 확실한 도구를 하나 지닌 시인, 그의 깊은 곳엔 신앙의 힘이 있다.

　잡담하다
　거짓말하는 순간

혀를 깨물었다

아뿔싸!
내가 웃고 떠들 때에도
누군가
내 입술 내 심장의 박동
이다 보고 느낀다
 —「거짓말」 전문


　그가 일생을 분노하며 살아왔음에도 시니컬하지 않은 게 참으로 신기하다. 그 신기함에 대한 의구심의 열쇠는 어쩌면 그의 섬세한 꾸짖음에 있는지 모르겠다. 그것은 명징한 인식의 빛이 삶의 파토스적인 층위에서 디오니소스적으로 분출되어 세상을 몽롱하게 만들어버리는 모호한 구린내 같은 것이니까 말이다. 하지만 그는 결코 과잉을 말하지 않는다. 언제나 자신의 몸 크기만큼 일을 도모하면서 목적에 자신을 함몰시켜버린다. 그것은 그가 존재하는 가장 큰 목적이며 이유이기도 하다.
　그는 「김 군에게」, 「알곡의 지성과 예술에 고함」, 「그물, 혹은 신호등」, 「불빛 소고」와 같은 여러 시편에서 삶에 관한 깊은 통찰과 인간의 자유의지, 그리고 확고한 민중성과 계급적 경향성을 드러낸다.

자네, 지금도 시인은 뭔가 좀 괴벽스럽고
희멀건 언어를 써야 한다고 믿는가
난 말일세 김 군
언어는 피 묻은 향나무 같은 거라 생각해
내 대가릴 찍고 내 심장에 대못 박는 놈에게
피의 향내를 묻힐 수 없는 시는
유산계급의 서늘한 그림자 같아 난 싫어
사지 멀쩡하고 먹고사는 데 걱정 없는 놈들이
지천으로 싸돌아다니며 끼적이는 감탄사에
부아가 치밀지 않던가
　－「김 군에게」 부분


　그래서인가, 이 시집에는 시가 전하는 이미지보다 '일상'에
서 발견하고 추출해낸 번득이는 통찰력과 실천적 시선이 돋
보인다.
　시인은 자족적인 정신의 소유자다. 아테네가 패전으로 인해
정신적 혼란에 빠져들었을 때, 당시의 소피스트들은 그들의
탁월한 논리적 명석함과 통찰력을 동원하여 온갖 엽기적 행동
을 서슴지 않았었다. 그들은 출세를 위한 것이라면 그 어떤 것
에라도 목숨을 걸었다. 그러다가 소크라테스란 걸출한 현인
의 출현으로 인간이 인간으로서의 선과 덕을 안다면 결코 고
의적으로 악을 범하지 않을 거라는 주지주의적 사유를 체득
하면서 인간에의 유용성이 곧 선의 척도라는 확고한 이성을

찾게 된다.

한데, 시인의 작품과 행동을 보노라면 그런 주지주의적 지식으로 감각적 현실 세계에 도전한 세기 전의 소크라테스가 회생한 듯하다. 때문인지 그는 언제나 용광로처럼 끓고 있다. 「변소 회상」,「조까라마이싱」,「연설」,「홍대 앞에서」,「실업자 김 씨에 대한 보고서」,「내게 상을 다오」,「살던 곳에서 내쫓지 마라」를 비롯한 현장의 선동시였을 연대의 시편들에서, 삶에서 획득한 특유의 고난에 대한 공감의 언어는 비수와도 같다.

강아지풀 질경이
새와 나무의 연탄(聯彈)을 향해
고요히 숲을 걷는다

각고의 이성과 외로움이라야
숲의 성지(聖地)가
애오라지 각성의 우주임을 알지

산 것이 토하는 생명감각과
온몸으로 상통하며
자신을 갈아엎는 숲은
교교한 사색의 자궁이거늘
　　　 ―「밀교(密敎)」전문

그는 투쟁의 시편 사이사이에 사유와 서정성이 별빛처럼 반짝이는 시들을 의도적으로 배치해둔 듯하다. 「이연」, 「그리움」, 「사랑」과 같은, 어쩌면 서정시를 좋아하는 사람에겐 꽤 익숙한 언어들을 마치 벼린 날처럼 곳곳에 숨겨두어 독자로 하여금 오히려 느긋하게 휴식하도록 두지를 않는다. 그는 지금 교교한 사색의 자궁을 더듬으며 각성의 우주를 배회하는 중일지도 모르는 일. 그러니 어련하랴, 삶의 선의(善意)야말로 추상적인 사고 작용을 하는 인간의 고유능력이 아니던가. 이것은 감성의 경험과 오성의 법칙이 합해진 일종의 인식작용이기도 하다. 실용적 가치와는 별 무관하면서도 그것을 실행할 때 잠시 기분 좋아지는. 그래서 꽃을 샀을까?

꽃을 샀다

꽃도
사랑도
산 것은
오롯이 책임져야 하거늘
　－「꽃」전문


꽃은 감성의 산물이다. 하지만 세상의 팔 할은 이성이 지배한다. 현재를 살아가기 위해 우리는 얼마나 더 이성적이어야 할지. 그래서 우리는 잠든 마르크스를 깨우곤 한다. 그의 철학은 헤겔의 그것처럼 이성을 전폭적으로 신뢰하면서, 이성이야 말로 모든 사회문제의 해결사라는 견지에서 자본주의 체제의 부도덕을 고발한다.

한편, 칼 융은 심리적 호오(好惡)는 언제나 논리적 진위(眞 僞)보다 앞선다는 보편적 이치를 약삭빠르게 꿰뚫는다. 사람 들이 마르크시스트가 되는 이유다. 그것은 그의 정치경제학이 주류경제학보다 더 과학적이어서가 아니라, 그의 사회주의가 자본주의보다 더 도덕적이고 더 인간적이라 여기는 도학적 분 위기 때문이다. 이것은 이른바 하이데거가 말한, 인간의 권위 를 높여주는 논리의 전형이 될 수도 있다.

외형적 인간 지상주의, 정치나 종교의 이데올로기적 열광주 의는 수시로 진리의 정신을 훼손시키는 反 철학, 反 인간의 위 치에 서기도 한다. 어디까지나 세상은 본질에서 깨어져 있기 에 본질에서 깨어진 세상은 근원적으로 수리하는 게 불가능 하다.


몸은 적어도 지나간 역사를 담고 있는 그릇이다. 몸이 내면 의 존재를 나타내기 위해 계시를 하는 것이나, 또는 자기가 소 유한 물건이나 관념을 전시하는 것 등은 모두 명분을 세우기 위한 발로다. 결국 도학적 위선이 실질적 이성과 도구적 선마 저도 짓밟게 되는 것이다. 무의식의 욕망은 결코 의식적 도덕 이나 사회제도의 억압에 의해 사라지지 않는다. 다만 은폐될 뿐이다. 이것은 변신이다. 이러한 변신은 자신도 모르는 사이에 병리적 현상을 자초하여 스스로 생물학적 생존본능을 포기하고 무화시켜 급기야는 죽음으로 진입하게 된다. 무의식은 절대로 의식에 동화되지 않는 까닭에서다. 그래서 무섭다. 무서워서 무너진다.

시는
고난의 숫돌에 온몸 가는 것

남발된 미학
어설픈 애련의 서사
교살당한 언어에 젖은 자기애

자진하여 가난의 길 가려했거늘, 아
나는 무슨 미련이 남아 여태 곧추서려 하고
사랑, 그 엄숙을 성가시게 했던가

원통해라
좀 더 철저히 망가뜨리지 못하다니
눈물이 숙제인 오늘 밤
시는 무너진다
　-「시가 무너지는 밤」 전문


시인은 「나의 詩는」이란 서사적 시에서 자신의 이야기를 모두 끄집어낸다. 유년기의 두려움, 성장기의 외로움, 최루탄과 백골단으로 상징되는 청년기의 거리, 내 집 드나들 듯했던 우울한 병원의 기억, 공단지역 탁아소와 노동자의 아이들, 섬과 바다, 깨우침과 기도, 시와 노래가 그것이다. 이 긴 이야기의 그림자 속에는 두 가지 말이 존재한다. 본능의 이기적 말과 본성의 자리(自利)적 말.

본능의 이기적 말은 이타(利他)와 빙탄불상용(氷炭不相容)의 이율배반을 함의한다. 그러나 본성의 자리(自利)적 말은 이타적인 말과 모순관계에 있지 않고 자리(自利)가 곧 이타(利他)로 연결된다. 그래서 이기심이 충만하면 세상은 지옥이 되고, 본성의 자리(自利)가 충만하게 되면 세상은 극락이자 천국이 되는 것이다.

나르시시즘과 공격성은 본질에서 같은 말이다. 실용주의 철학자 존 듀이(J. Dewey)는 아무리 전통적으로 숭앙받는 지고선(至高善)이나 도덕적 가치라 할지라도 그 자체로는 우리 삶을 행복하게 해줄 수 없다고 했다. 다만 문제는 인간이 사회생활을 영위하면서 야기되는 개인적 사회적 문제를 성공적으로 해결할 수 있는 실험적 조사(調査)가 어떻게 진행되느냐에 달려 있다. 해석이 너무 보수적인가?

인간은 생득적으로 불일이불이(不一而不二)의 관점에서 언제나 자연스럽게 두 가지 양상으로 얽혀 있을 수밖에 없는 존재다. 본능은 소유의 길로, 본성은 존재의 길로.

본능의 영역에는 선과 악이 따로 없고 다만 이해만이 있을

뿐. 세상의 모든 규범도 무의식적 욕망 앞에서는 바람 앞의 등불처럼 무너져 내리고 만다. 인간은 그렇게 늙고 병들어 가는 것이다.

> 허락 없이 툭툭 터지는 저승꽃
> 주름살 골골이 앉은 회한에
> 밤새 사지(死地) 걷다 깨어
> 칼칼한 숨 내쉬는 게
> 이네 보기엔 얼마나 처량할까만
> 가자하면 순순히 따라갈 테니
> 고요한 숲길로
> 아픔 없이 가자꾸나
> —「병」부분

몸이 병들면 인간이 소유한 일체가 다 허망하고 무의미하게 된다. 존재론적 요구를 우리가 욕망이라고 부르는 이유도 인간이 살아 있는 한, 탈신(脫身)적 사유를 할 수 없기 때문이다. 인간이 능위(能爲)적 의지를 버리지 않으면 의지가 분별을 만들고, 더 나아가 비교 속에서 차별을 지음으로써 선악과 호오(好惡)를 자기 의지 중심으로 돌리게 된다. 그래서 동양의 노자와 서양의 에크하르트는 인간답게 살기 위해 똑같이 자기 중심적 의지를 소멸시키는 무위를 강조했다.

신앙은 마음의 본성에 대한 신뢰와 거기에 동참하겠다는 존재론적 요구의 표현이다. 자연주의 사상가였던 노자가 자연의 무위를 이야기했다면 신학자였던 에크하르트는 인위의 무위를 이야기한 셈이다. 그리하여 에크하르트는 우리 인간의 노력 여하에 따라, 누구나 인애(仁愛)의 천리를 어기지 않는 한, 그리스도가 되고 성자가 되며 인간이면서 신이 될 수 있다고 했던 것이다.

자, 이쯤에서 다시 시인을 만나러 가자.